NOUVELLES REMARQUES

SUR

L'ŒDIPE

DE M. DE VOLTAIRE,

ET SUR

SES LETTRES CRITIQUES;

OU

L'on justifie Corneille contre les calomnies de
son Emule.

ET OU

L'on fait un parallèle des deux Tragédies de
ces Auteurs.

*AVEC UN RECUEIL DES PLUS BEAUX
endroits de l'une & de l'autre piece,*
Par M. ****** *l'abé Girard*

❈

A PARIS, au bas de la rue de la Harpe,
Chez LAURENT D'HOURY, Imprimeur-Libraire,
au Saint-Esprit, devant la rue saint Severin.

____

M. DCCXIX.

AVEC APPROBATION.

NOUVELLES REMARQUES

SUR

L'ŒDIPE

DE M. DE VOLTAIRE.

N E point faire de fautes est une perfection où l'homme n'atteignit jamais dans aucun genre : les ouvrages des plus habiles, comme la conduite des plus sages, pèchent toûjours par quelque endroit : c'est assez pour nous autres mortels de manquer rarement : ainsi ceux qui écrivent bien sont ceux qui écrivent moins mal que les autres. Voilà ce qu'un Auteur ne peut ignorer, à moins qu'il ne soit aussi borné par ses lumieres qu'aveuglé par sa vanité. La critique ne doit donc ni le décourager, ni lui déplaire : elle ne peut que lui

A

être utile; parce que si elle est mauvaise,
c'est un nouveau lustre pour son ouvrage;
si elle est bonne, elle l'instruit, & en lui
montrant le mauvais, elle sert quelquefois
à lui faire rencontrer l'excellent. D'ailleurs
les fautes sont communes à tous les Auteurs,
mais la connoissance de ses fautes ne l'est
pas: s'il y a de l'habileté à les éviter, il y en
a aussi à les connoître & de la grandeur à les
avouer. C'est pourquoi quelques gens d'esprit
ont eû soin de critiquer eux-mêmes leurs
propres ouvrages: je les approuverois s'ils
l'avoient fait d'une maniere exacte, en se
tirant de devant les yeux le bandeau de
l'amour propre; en sorte que leur critique
parût véritablement être faite pour l'honneur du bon goût & à la gloire de la vérité plûtôt que pour prévenir une censu-
re rigoureuse qu'ils craignoient peutêtre
trop. L'Auteur du nouvel Oedipe les a
imité: il a publié quelques défauts qui se
trouvent dans sa piece: il en a passé sous
silence d'assez considérables: il en a relevé
de peu de conséquence: enfin il a eû soin
de mettre à côté des siens ceux de Sophocle & de Corneille; le tour n'est pas mauvais pour se placer tout d'un coup aux
premiers rangs. Quand on ne se croit pas
assez fort, est-il si mal de faire alliance
avec quelque puissance? & n'est-ce pas être

fage que de faire des ligues défenſives pour
ſa réputation contre le Lecteur, dont le jugement eſt toûjours redoutable ? Les reflexions qu'on va lire ſont une preuve de
la ſévérité de ce jugement.

Je n'ai pû voir dans la Dédicace donner de l'*Alteſſe Royale* à MADAME, ſans blâmer la négligence que l'Auteur a eûe à
s'inſtrúire de ce que perſonne n'ignore. Qui
ne ſait pas qu'on nomme les filles de
France *Madame* ſimplement, & qu'*Alteſſe
Royale* eſt pour le degré ſuivant ? Que par
cette raiſon ſi l'on vouloit encore la diſtin-
guer par la qualité de Douairiere, on ne
diroit pas *Madame la Douairiere*, mais *MA-
DAME Douairiere*, ſans y mettre le mot de
la ; parce que ce mot fait que celui de
Madame n'eſt plus que le terme ordinaire
de l'honnêteté qu'on rend à tout le monde, comme quand on dit *Madame la Com-
teſſe*, *Madame la Préſidente*, &c. au lieu qu'il
eſt à cette Princeſſe un titre propre & particulier qui lui eſt dû, comme j'ai dit, en
qualité de fille de France ; & qu'on la nomme ainſi ſans y mettre l'article, comme on
nomme d'autres perſonnes par leur nom
propre. Voilà l'uſage établi que j'ai vû &
que je vois encore obſerver à la Cour &
à la Ville, du-moins par ceux qui ſavent
le monde.

Si M. de Voltaire a traité de minutie ce cérémonial ; il n'a pas regardé de plus prés aux motifs des Dédicaces, lorsqu'il a cru que l'usage établi étoit de dédier ses Ouvrages à ceux qui en jugent le mieux. Ce sont plûtôt des raisons d'intcrêt, de bienséance, ou de devoir qui déterminent les Auteurs dans le choix des personnes dont ils mettent le nom à la tête de leur livre.

Je ne vois pas non plus pourquoi il a dit que cet usage commenceroit *pour* MA-DAME, s'il n'étoit pas établi. Quel avantage ou quel honneur fait-on à MADAME en lui dédiant son Ouvrage ? Il me semble que c'est son illustré nom qui fait honneur à l'Ouvrage ou du-moins à l'Auteur. Ce n'est peutêtre aussi qu'une faute d'impression ; & l'on a seulement oublié de mettre dans l'*Errata* qu'il faloit ôter le mot de *pour* & lire *commenceroit par Madame.* Quoiqu'il en soit, l'Auteur devoit prendre un autre tour pour faire sentir qu'il dédioit sa Tragédie à MADAME, parcequ'il la croyoit & qu'elle est en effet la meilleure connoisseuse.

Il n'est pas selon moi plus heureux dans la frase suivante, où il parle de cette sorte à MADAME, *la protection éclairée dont vous honorez les succès ou les efforts des Auteurs met en droit ceux mêmes qui réussissent le moins d'oser met-*

tre fous vôtre nom des Ouvrages qu'ils ne com-
pofent que dans le deffein de vous plaire. Car
outre que j'aurois fait fcrupule de donner
à *protection* l'épithete d'*éclairée*, fur tout en
profe & dans une épître de demi-page ; je
n'aurois jamais penfé que la protection fe
donnât aux fuccès, parce que j'ai toûjours
ouï dire qu'on la recherchoit pour l'ouvrage afin qu'il eût du fuccès. Et je penfe
encore moins qu'une protection éclairée,
pour parler comme l'Auteur, c'eft-à-dire,
une protection qu'on n'accorde qu'aux
Ouvrages qui le méritent par leur bonté,
puiffe être un droit pour en dédier de mauvais. En vérité voilà une nouvelle maniere
de fe faire des droits qui n'eft furement
pas felon la Jurifprudence ordinaire. Si
MADAME n'honore de fa protection que
les bons ouvrages, cela doit empêcher les
Auteurs *qui réuffiffent le moins* d'ofer mettre
les leurs fous fon nom, bien loin de leur
donner le *droit* de le faire.

Ces deux frafes avec une troifième,
qui contient des vœux pour la fanté de
MADAME, font toute l'Epître dédicatoire,
à laquelle on ne fçauroit ôter le mérite
d'être courte ; ainfi la brieveté en fait paffer plus aifément les défauts.

Voyons la Tragédie. Elle commence dans
la premiere édition par ces deux vers :

Eſt-ce vous Philoctete ? en croirai-je mes yeux ?
Quel implacable Dieu vous ramene en ces lieux?

Je laiſſe aux oreilles ſcrupuleuſes à blâmer le Poëte d'avoir fait rimer avec la fin
de ces deux vers l'Emiſtiche du ſecond ; &
ce n'eſt point parce que le mot *Dieu* frape
l'oreille de la même façon qu'*yeux* & *lieux*
que je deſaprouverois que Dimas dît à
Philoctete *Quel implacable Dieu vous ramene en ces lieux.* Une pareille faute ne le ſeroit plus, à mon avis, ſi la penſée exigeoit
qu'on ſe ſervît du terme. Mais je condam-
nerois cette expreſſion comme une faute
de bon ſens ; parcequ'elle eſt contraire à
ce que Dimas dit lui-même dans le même
récit. Quelques vers plus bas , il appelle
Philoctete *un heureux guérrier que les Dieux
favoriſent.* Ainſi ledit ſieur s'étoit un peu
embrouillé dans ſes complimens en faiſant
les Dieux tout à la fois favorables & im-
placables pour Philoctete ; car c'eſt à lui
& de lui qu'il parle dans ces deux endroits.
Apparemment que le malheur de ſa patrie
lui avoit ôté la préſence d'eſprit ; mais le
Poëte devoit la retrouver dans ſon cabinet. Cette faute diſparoit dans la ſeconde
édition, où M. de Voltaire , pour ſe diſ-
culper du crime de larcin dont on l'avoit
accuſé , parce qu'il y a dans les Horaces

Eſt-ce vous, Curiace, en croirai-je mes yeux ? a
changé ces deux premiers vers en ceux-
ci :

> Philoctete , eſt ce vous ? quel coup affreux du
>   ſort
> Dans ces lieux empeſtés vous fait chercher la
>   mort ?

Mais il n'a fait par-là que ſubſtituer à
une faute de contradiction des fautes d'une
autre eſpece. Car outre que des *lieux em-
peſtés* reſſemblent plus au voiſinage de quelque cloaque puant qu'à une ville où eſt
effectivement la peſte , c'eſt que la ſur-
priſe où eſt Dimas de voir Philoctete n'y
eſt pas exprimée avec la délicateſſe convenable. Deſlors qu'en voyant une perſonne on la nomme, c'eſt une marque qu'on
la reconnoît parfaitement, ainſi il n'eſt plus
tems de demander ſi c'eſt elle. Et la ſur-
priſe étant toûjours un premier mouvement , il convient, pour qu'elle paroiſſe
dans ſa vraie place , que l'interrogation
qui la marque marche la premiere avant
le nom propre ; celui-ci venant aprés ,
paroît alors avec plus de grace ; parce
qu'il marque que l'on ſe confirme dans
la vérité de ce qui nous a ſurpris. Voilà l'ordre qu'un goût fin ſouhaitera toû-

A iiij

jours qu'on obferve. Si quelqu'un dit
que c'eſt peu de choſe que cela ; je le prie-
rai de faire attention que la perfection
n'eſt jamais peu de choſe , quoiqu'elle
dépende ſouvent de très peu de choſe. Dailleurs le nouveau vers eſt dur , &
l'ancien étoit coulant. Quand il n'y auroit
que *Philoctete eſt* , je ne ſçaurois approuver
la reforme. Je conclus donc , s'il m'eſt permis de parler proverbe , que M. de Voltaire a corrigé le *Magnificat*. Le reproche
d'avoir pillé ne valoit pas la peine d'y faire attention : perſonne ne doute qu'il ne
ſoit capable de faire un pareil vers à celui
de Corneille : on doutera plûtôt qu'il de-
vienne capable de profiter des critiques. Il
paroît bien qu'il en a quelque envie, puiſqu'il change ſes expreſſions ; mais cela n'eſt
rien , s'il ne les change en mieux.

Sa ſeconde correction n'eſt pas plus heu-
reuſe que la premiere. Quelqu'un apparemment lui avoit fait remarquer qu'il n'étoit
pas ſûr qu'on dît en bon françois *mériter la
colere*, mais qu'on ſe l'attiroit & qu'on mé-
ritoit un châtiment : il a donc changé ce
vers

*Act. 1. Sc.
1. p. 2.*   Eh ! quel crime a donc pû mériter ſa colere

qui pèchoit non ſeulement dans l'expreſſion, mais encore par le mauvais arrange.

ment de la frafe. Car le pronom *fa* doit,
felon les regles de nôtre langue, fe rapporter au mot qui fert de nominatif, lorfque
ce mot eft de la troifième perfonne, afin
d'éviter l'obfcurité du ftile ; par exemple,
ce ne feroit pas écrire purement de dire,
Voltaire critique Corneille fans connoître ni fa
beauté ni fes defauts : il faudroit dire, *fans en*
connoître ni la beauté ni les défauts ; parcequ'il n'eft pas là queftion de la beauté &
des défauts de *Voltaire* qui critique & ne
connoît pas, mais de la béauté & des défauts de *Corneille* qui fe trouve là dans un
cas oblique. M. de Voltaire, dis-je, a changé fon premier vers en celui-ci :

Eh ! quel crime a produit un courroux fi fevere

où la nouvelle production qui fait produire
le courroux par le crime eft un fruit pour
le moins auffi défectueux que le premier :
& où il fe trouve également une équivoque de langage ; car, comme il eft affez
ordinaire, fur tout dans les interrogations,
de mettre le cas devant le verbe & le nominatif à la fin, on ne diftingue pas nettement fi c'eft le crime qui produit le courroux, ou fi c'eft le courroux qui produit
le crime : l'un & l'autre pouvant arriver,
& l'idée de *produire* convenant même mieux
au courroux qu'au crime. Ainfi l'Auteur

n'a pas moins négligé la clarté & la pure-
té du ftile dans fes fecondes reflexions que
dans fon premier feu. De pareilles corre-
ctions prouvent qu'il travaille plus de génie que de fcience, & que fa foumiffion
aux cenfures eft plus foibleffe que docilité.

On ne peut pas dire non plus que ce
vers

Aĉt. 1. Sc.
1. p. 2.   **Va, laiffe-moi le foin de mes deftins affreux**

foit quelque chofe de bien écrit. Car loin
que nous ayons foin des deftins, c'eft eux
qui ont foin de nous; ils font les maîtres
de nôtre fort & nous conduifent où ils
veulent. Tout ce que je pourrois pardonner feroit de dire *laiffe-moi le foin de ma deftinée.* Quelque Apologifte plus zélé qu'é-
clairé ne manquera pas de répondre que
c'eft ce que l'Auteur a voulu dire, & que
deftins eft mis là pour *deftinée.* Mais s'il
fait cette réponfe, c'eft qu'il ignorera que
l'ufage ne donne le fens de *deftinée* ou de
fort au mot de *deftin* qu'au fingulier, & qu'il
ne l'employe jamais au pluriel que pour
marquer les caufes ou les auteurs de nôtre
fort. Ainfi je parlerois mal fi je difois que
mes deftins font de critiquer le nouvel Oedipe; mais je parlerois bien en difant que
mon deftin eft de critiquer cette piece & que
mes deftins veulent & ordonnent que je le

faſſe. Ils veulent auſſi que je me mocque
un peu d'u ſoin qu'on y veut faire prendre
à Philoctete d'une deſtinée affreuſe : on a
ſoin, ce me ſemble, de ſa fortune ; mais
je ne ſache pas encore qu'on ait ſoin de
ſon malheur. La penſée eſt aſſurément ori-
ginale, & je crois qu'elle ne devra qu'à l'Auteur ſa naiſſance & ſa durée.

Les perſonnes qui ont de la délicateſſe
auront de la peine à goûter ce vers quoique fort harmonieux,

> Jeune, & dans l'âge heureux qui méconnoit la
> crainte

Act. 1, *Sc.* 1. *p.* 4.

à cauſe que l'âge heureux qui méconnoit
la crainte étant préciſément la jeuneſſe, il
ſe fait une repétition deſagréable à l'eſprit, ſi elle ne l'eſt à l'oreille. Ayant d'a-
bord vû l'âge d'Oedipe par le mot de *jeu-*
ne, on s'attend enſuite à voir une autre
qualité finir le caractere de ce Héros ; mais
on ne le voit que caractériſé une ſeconde
fois par la jeuneſſe, quoique l'Auteur ſemble promettre toute autre choſe ; car telle
eſt la force ſignificative de la conjonction
&. Elle eſt établie pour joindre les choſes,
mais en faiſant ſentir que les choſes qu'elle
joint ſont différentes. Il y auroit en effet
du ridicule à joindre la même choſe avec
elle-même quoiqu'exprimée en termes dif-

férens. On n'en ufe pas ainfi , quand on fait fa langue: on ne diroit pas *Hercule eft mort & il ne vit plus.* C'eft pourquoi on ne fauroit excufer l'Auteur en difant que c'eft une de ces repétitions qui fervent à appuyer davantage fur la chofe & à fixer l'attention; parceque quand le fujet exige de ces fortes de repétitions, elles fe font fans le fecours de la conjonction : on diroit alors *Hercule ne vit plus, il eft mort.*

Si M. de Voltaire n'a pas fenti cette délicateffe de la conjonction , il avoit encore moins fait d'attention, dans la premiere édition de fon ouvrage, à l'Idée que l'ufage a attachée au mot de *fatales* , lorfqu'il a fait dire à Philoctete.

Act. 1. Sc.
4. p. 5.

Dimas, Hercule eft mort & mes fatales mains

Ont mis fur le bucher le plus grand des humains.

Une main *fatale* nuit ; mais ce n'étoit pas nuire au mort que de lui rendre les derniers devoirs, qui étoient en ces tems-là le bucher, comme ils font aujourdui la fépulture. Si des mains *fatales* nous mettent au tombeau, c'eft en nous portant le coup de la mort, & non pas en nous enfeveliffant. L'inhumation fut toûjours l'œuvre d'une main pieufe, ou fi vous voulez, d'une main intéreffée ; mais elle ne le fut jamais d'une main fatale. Il faut donc avouer que

le Poëte un peu pareffeux s'étoit contenté
de coudre là une épithete, parce qu'elle fe
trouvoit de taille à remplir la mefure du
vers. Quant au changement qu'il a fait
dans la feconde édition, en mettant, à la
place du vers que je viens de rapporter, celui-ci

Hercule eft mort, ami, ces malheureufes mains

Ont mis, &c.

cela ne corrige rien & ne fert qu'à montrer qu'il ignore plus d'une chofe & qu'il
eft capable de plus d'une faute ; puifqu'il
abufe dans la nouvelle édition du terme de
malheureux, comme il avoit abufé dans la
premiere du terme de *fatal*. Car les derniers devoirs qu'on rend aux morts ne font
pas plus l'office d'une main malheureufe
que d'une main fatale. Ce font des mains
charitables qui s'en acquitent. La même
critique convient donc à l'un comme à
l'autre de ces termes : & je le repete, un
acte de piété ne fera jamais ni fatalité, ni
malheur. De plus la correction, fans ôter
la faute qui y étoit, d'un vers noble &
poëtique en a fait un fort mauvais. Le mot
d'*ami* a là quelque chofe de bas & de ram-
pant, il n'eft même qu'une inutile & de-
fagréable parentefe. Quand je lis *Hercule eft
mort, ami*, il me femble entendre le mot

de la chanſon qui dit, *Ami*, *j'ai perdu ma femme.*

Dit-on, quand on veut bien parler, que la vengeance du ciel eſt *triſte?* je n'en crois rien ; quelque triſte qu'il ſoit d'en être l'objet. Ainſi M. de Voltaire dans ce vers

Act. 1. Sc. 2. p. 3.   Le ciel induſtrieux dans ſa triſte vengeance

a été lui-même induſtrieux à nous dire quelque choſe de froid & capable d'attri-ſter ceux qui voudroient que ſa piece fût parfaite en tout.

Mais il faudroit encore, pour cela, ôter à Philoctete les ſentimens de joye qu'il fait paroître, avec ſi peu de retenue, en appre-nant la mort de Laïus. Cela n'eſt pas d'un Héros. Il eſt vrai que l'amour ne pouvoit pas manquer de lui faire entrevoir dans la mort de ce Roi l'eſperance légitime de poſſeder la Reine ; mais ce n'étoit pas là le ſeul ſentiment que Philoctete dût montrer : il ne devoit pas même le montrer ; c'étoit aſſez, ce me ſemble, de le laiſſer ſeulement appercevoir, comme ſi la force de l'amour le lui avoit fait échaper, au lieu de s'étendre uniquement là-deſſus comme il fait en diſant

Act. 1. Sc. 1. p. 2.   Il ne vit plus ! quel mot a frapé mon oreille !

Quel eſpoir ſéduiſant dans mon cœur ſe reveille ?

Quoi , Jocafte ! les Dieux me feroient-ils plus
  doux ?
Quoi ! Philoctete enfin pourroit-il être à vous ?
Il ne vit plus !

S'il eft naturel d'avoir & de témoigner de
la joye lorfqu'on apprend que fa maîtreffe
fe trouve en état de correfpondre à l'amour
qu'on a pour elle ; il n'eft ni grand ni politique d'en témoigner de la mort d'un
rival ou d'un mari qui empêchoit qu'elle
ne fût dans une fituation avantageufe à
nôtre amour. C'eft alors qu'il faut avoir
foin de ne faire paroître pour motif de
cette joye que la feule efperance du bonheur prochain , fans pefer ni faire aucun
retour fur l'accident de la perfonne qui ,
par fon malheureux fort , nous ouvre le chemin de ce bonheur ; fur tout quand on fe
pique d'avoir de grands & de nobles fentimens , & d'être un Héros au-deffus du
commun. Mais à voir Philoctete refléchir
avec plaifir fur la mort de Laïus , & par
deux fois s'écrier , avec une efpece d'admi-
ration & beaucoup de fatisfaction , *Il ne*
vit plus ! quel mot a frapé mon oreille ? . . . Il ne
vit plus ! ne diroit-on pas que cette mort
n'arrive que felon fes defirs ; qu'elle étoit
depuis long-tems l'objet de fes fouhaits ; &
qu'il s'imaginoit , quand il ajoûte *les Dieux*

me seroient-ils plus doux, que les Dieux le persécutoient en faisant vivre ce Roi, & qu'en le faisant mourir ils lui accordoient enfin la grace qu'il en attendoit ? Je le dis encore une fois, cela n'est point d'un Héros ni même d'un galant homme.

Je ne m'en rapporterois pas tout-à-fait au jugement de l'Auteur sur l'emploi du mot de *triste*; il me paroît avoir pour cette épithete une prédilection particuliere qui l'empêcheroit d'être juge desintéressé. Il en a fait, comme je viens de dire, l'assaisonnement de la vengeance du ciel, & il en fait encore celui de la puissance d'Oedipe dans ces vers.

Act. 1. Sc. 1. p. 4. Il vit, il regne encore; mais sa triste puissance
Ne voit que des mourans sous son obéissance.

Pour moi, j'avoue que cette *triste puissance* n'excite dans mon entendement aucune idée claire & précise.

Je ne sçai pas non plus ce que signifie cet autre vers

Act. 1. Sc. 1. p. 4. Deja même les Dieux nous sembloient plus faciles

J'ignore absolument ce que c'est que des *Dieux faciles*: les Déesses peut-être le pouvoient être ; mais pour les Dieux je ne leur ai jamais vû donner cette épithete que lorsqu'on y ajoûtoit un verbe, comme

quand

quand on dit que les Dieux font faciles à
appaiſer. Si l'on me répond que je ſuis
moi-même bien difficile de ne pas goûter
des Dieux *faciles* ; & que la ſuite du diſcours fait aſſez entendre ce que l'Auteur
a voulu dire ; je conviendrai que l'on connoît à vûe de pays ce que l'Auteur veut
dire ; mais comme je ne critique que ce
qu'il a dit & non pas ce qu'il a eû deſſein
de dire, je n'en aurai pas moins raiſon.

On a vû dans l'Epître dédicatoire comment le diſcernement de Madame a ſervi
à fonder en faveur des mauvais ouvrages
le droit de paroître ſous le nom de cette
grande Princeſſe : & l'on va voir ici comment on fait du travail & de la vertu un
droit autentique d'avoir de la foibleſſe. C'eſt
dans ces vers qu'on dit avoit été l'admira-
tion de bien des gens.

> Par dix ans de travaux utiles à la Grece
> J'ai bien acquis le droit d'avoir une foibleſſe.

Act. 1. *Sc.*
1. *p.* 7.

Dix ans de pareils travaux peuvent bien
mériter le pardon d'une foibleſſe ; mais ils
ne peuvent pas acquerir le droit de l'avoir.
Quoiqu'en penſe nôtre nouveau Juſtinien ;
plus les hommes ſont grands, plus ils doivent avoir ſoin de ne pas ternir leur gloire. Le mérite des perſonnes en rend les
fautes moins excuſables ; quoiqu'il engage

B

quelquefois à les diffimuler ou à les leur pardonner plus aifément. D'ailleurs un amour tel que celui-ci , que l'Auteur avoue dans fa critique tenir beaucoup plus du ro-manefque,que du naturel & dont Philoctete lui-même dit dans le vers précedent pouvoir faire l'aveu fans rougir : *Je puis de mon feu, fans rougir, aujourdui te faire un libre aveu.* Un tel amour, dis-je, devoit-il être traité de foibleffe , fur tout par ce même Philoctete? Que cela eft tendre dans fa bouche ! Et qu'il eft glorieux pour Jocafte que fon amant tire de fes exploits le droit de pou-voir fans rougir avoir de la foibleffe pour elle! Ne penferoit-on pas à l'entendre par-ler du haut de fon héroïfme que Jocafte feroit une petite Grifette qu'il voudroit bien avoir fur fon conte , & pour qui il auroit eû la facilité de fe permettre quel-que foible & de négliger fa réputation ? En vérité , quelque gracieux que foient ces vers à l'oreille, car en effet ils le font, ils ne renferment cependant qu'une fauffe morale & un brillant qu'on pourroit nom-mer un fublime de la Garonne. Et pour dire quelque chofe en general du caractere de Philoctete ; je vois fort bien qu'il fait le Héros & l'amant ; mais je ne vois pas qu'il foit ni l'un ni l'autre.

Je crois qu'on n'auroit pas mal fait de

mettre une petite note à côté de ces deux
vers

   Vous, Seigneur, vous pouriez dans l'ardeur qui   *Act. 1. Sc.*
      vous brûle   1. p. 5.
   Pour chercher une femme abandonner Hercule.

qui avertît que Dimas par ces maux *dans
l'ardeur qui vous brûle* entend l'ardeur guer-
riere de Philoctete. Car fi l'on s'alloit ima-
giner qu'il entend l'ardeur des tranfports
amoureux dont Philoctete vient de lui faire
confidence ; ce qu'on pourroit aifément
penfer, non feulement à caufe de cette cir-
conftance , mais encore parceque cette
expreffion *qui vous brûle* eft véritablement
faite pour l'amour & peu convenable à la
guerre; car les flâmes des amans les brû-
lent, & l'ardeur des guerriers les emporte
ou les anime. Si l'on alloit donc s'imagi-
ner que Dimas entend là l'ardeur de l'a-
mour; on le blâmeroit auffi-tôt de trouver étrange que Philoctete ait pû dans le
tems de cette ardeur amoureufe abandonner Hercule pour chercher une femme; car
c'eft juftement dans ces momens que la
chofe eft moins furprenante.
   Ne blamera-t-on pas auffi dans ce vers

   Redoublez contre nous vôtre lente fureur.   *Act. 1 Sc.*
                                2. p. 8.
le mot de *lente* comme une épithete lan-

guiſſante ou comme un mot auxiliaire uniquement incorporé pour remplir le nombre des ſillabes ? Pour moi, ſi je ne le goû-
te point , c'eſt parceque je ne ſaurois
joindre à l'idée de fureur celle de lenteur.
Qui dit *fureur* dit quelque choſe d'emporté,
de violent , & de fougueux , & par conſé-
quent ne dit rien de lent. Je comprens bien
comment, ennuyé de ſouffrir, on peut in-
ſulter & braver l'ennemi , en lui diſant
Redouble ta fureur, *elle me paroît*, ou même,
elle eſt encore trop lente ; parce qu'on ne ſuppoſe pas alors que la fureur par elle-même ſoit lente, mais ſeulement qu'on ſe la
figure telle par l'envie qu'on a d'être au
bout de ſes maux. Au lieu qu'en diſant
avec une ſimple épithéte *redouble ta lente*
fureur , cela ſuppoſe que la lenteur peut en
general & par elle-même être une qualité
de la fureur , ce que je ne crois pas qu'on
ſe perſuade jamais.

Je crois encore moins qu'on puiſſe dans
les regles appeller la mort à ſon ſecours
pour être ſauvé de la mort même, comme
le fait le ſecond perſonnage du Chœur lorſqu'il dit :

Act. 1. *Sc.*   O mort, nous implorons ton funeſte ſecours
2. *p.* 3.   O mort , viens nous ſauver , viens terminer nos
    jours.

Car enfin , par le fujet de la piece , les
Thébains ne fe plaignent que de ce que la
mort habite parmi eux ; & Dimas même,
en expofant leurs maux , n'en fait point
d'autre defcription ni plus touchante que
celle-ci , *la mort devorante habite parmi nous.*
Pourquoi donc implorer cette mort ? On
peut l'appeller pour fe voir délivré d'un
mal qu'on regarde comme plus grand que
la mort même, tel que feroit une douleur
exceffivement violente ou la honte d'un crime qui nous deshonore, & fe fervir alors
avec grace de cette hyperbole *ô mort viens*
nous fauver. Mais peut-on fans ridicule l'appeller au fecours quand c'eft elle qu'on
craint, & la regarder comme un remede
qui nous *fauve* d'elle ? Non furement, cela
ne fe peut pas. Ce perfonnage ne devoit
faire paroître qu'un fentiment de pur dé-
fefpoir & reprocher à la mort fes retar-
demens, au lieu de l'invoquer comme fon
falut.

L'harmonie & la cadence auront fans
doute fait applaudir à ces deux vers où
Oedipe parle ainfi à fon peuple :

Que ne puis-je fur moi détournant leurs vengean- *Act. 1. Sc.*
   ces   *3. p 9.*

De la mort qui vous fuit étoufer les femences.

Effectivement l'oreille en eft fatisfaite ;

mais un goût fin le fera-t-il ? Des Grammairiens délicats ou d'habiles Académiciens approuveront-ils que le gérondif *détournant* soit placé de maniere que le Lecteur ait la peine d'aller jusqu'à la fin du second vers pour diftinguer par lequel des deux, ou du gérondif ou du verbe infinitif qui doit fuivre, font régis ces mots *fur moi :* car enfin ils le pourroient être par l'un & par l'autre, fi l'Auteur avoit employé un verbe capable de les regir, tel que feroit celui d'*attirer.* Ce n'eft donc qu'aprés avoir lû jufqu'au bout qu'on voit que *fur moi* eft régi par le gérondif *détournant,* parcequ'il ne le peut pas être par l'infinitif *étoufer :* ce qu'on devoit pourtant d'abord diftinguer fans être obligé d'avoir recours à un raifonnement qui fait le mérite du Lecteur, & non celui de l'Auteur, qui ayant negligé la netteté du ftile, mérite en cela la cenfure des critiques. Pour le fecond vers, il pèche dans la penfée ; parcequ'en même tems qu'on perfonnifie la mort, & qu'on la rend très-préfente, par ces premieres paroles *de la mort qui vous fuit ;* on l'éloigne par celles qui finiffent la frafe, en préfentant feulement les femences de cette mort au lieu de la mort même ; & on la déperfonnifie, s'il m'eft permis de parler de la forte, par le terme

de *Semences*, car on ne dit pas les *femences*
de perfonnes ni de chofes qu'on perfonnifie.
C'eſt par cette raifon qu'en parlant d'un
malade , on dit qu'il y a en lui *des femen-*
ces de mort , & non pas *des femences de la*
mort ; & que tout au contraire on dit qu'il
n'eſt pas épouvanté *aux approches de la mort*
& non pas *aux approches de mort.* Ainſi , à
parler de bonne foi , cette expreſſion *étou-*
fer les femences n'eſt pas faite pour celle-ci
de la mort qui vous fuit. Il n'eſt plus tems de
remonter aux femences de la mort pour
les étoufer , lorſque la mort même nous
fuit & nous talonne. De plus , l'Auteur
ne devant avoir d'autre deſſein , & paroiſ-
fant en effet n'en avoir point eû d'autre en
cet endroit que de reprefenter la générofité d'un bon Prince qui veut mourir lui-
même pour fauver la vie à fon peuple ,
ne devoit pas y joindre l'idée d'*étoufer les*
femences de la mort ; parce que cela fent plus
la force de l'action que la foumiſſion du
facrifice que le Roi veut faire de fa vie.
Mais fans chercher de penfée étrangere , il
pouvoit pefer fur la même , & faire dire à
Oedipe :

Que ne püis-je fur moi détourner leurs vengeances

Et feul être frapé de tous les traits qu'ils lancent.

ou quelque chofe de mieux , car je ne dou-

te pas qu'il ne soit plus capable qu'un autre de donner à son ouvrage la perfection
qui y manque, quand il voudra s'en donner
la peine Et si je le critique, ce n'est pas
que je manque d'estime pour ses talens, &
encore moins que je veuille nuire à sa réputation. Nous n'aurons jamais rien à démêler là-dessus. Ce seroit plûtôt pour y
contribuer & pour lui donner occasion d'y
travailler avec plus de soin. Cependant,
à parler sans déguisement, rien de tout cela
n'a part à ma critique ; l'envie de dire ce
que je pense & le plaisir de m'occuper dans
mon cabinet, en ont seuls formé & fait
éclore le dessein, quoique peut-être un
peu tard ; puisque j'apprens en ce moment
que d'autres m'ont prévenu. Mais n'im-
porte, quelle que soit mon intention ; je
continue à écrire mes reflexions par le même motif qui m'a fait commencer.

Je déclare donc hardiment que je ne
crois pas qu'on puisse dire, en parlant d'un
sang répandu qui s'éleve jusqu'au ciel pour
demander vengeance, *appaisons son murmure.*
Je suis presque assûré que la plûpart des
Spectateurs éclairés ont murmuré contre
cette expression placée en de pareiles circonstances, & qu'ils n'ont pas été satis-
faits d'entendre Oedipe dire aux Thébains,

sons son murmure. S'il étoit question d'un serviteur mal recompensé ou d'un peuple mécontent, l'expression seroit bonne ; ces gens-là murmurent : mais le sang de l'innocent crie vengeance.

Oedipe ne parle pas mieux , quand il dit :

 S'ils ont aimé Laïus, ils vangeront sa cendre
 Et conduisant un Roi facile à se tromper
 Ils marqueront la place où mon bras doit fraper.

Act. 1. *Sc.* 3. *p.* 14.

Car je doute qu'on puisse dire en bon stile *vanger la cendre* des morts , à moins qu'ils n'aient été offensés dans leurs cendres par quelque action de mépris & d'irréligion.

Le second vers pèche & contre le bon sens, & contre le langage. Pourquoi dire d'un Roi qui avoit expliqué l'énigme du Sphinx, & qui étoit parvenu au Trône par sa sagesse , qu'il est *facile à se tromper.* Ne diroit-on pas à entendre ce vers

 Et conduisant un Roi facile à se tromper ,

qu'Oedipe seroit un peu étourdi de son naturel, & dans l'habitude de donner dans le faux ? Répondra-t-on que , parlant de lui-même, il peut en user de la sorte par modestie ? L'excuse seroit recevable si Oedipe s'attribuoit ce défaut comme homme par opposition aux Dieux, en reconnoissant

leur fageſſe infinie & l'imperfection de la
nature humaine : mais il ſe l'attribue comme Roi ſans aucun ménagement ; & ce n'eſt
là ni la croyance ni le langage ordinaire
des Rois : c'eſt beaucoup pour eux d'avouer
qu'ils ne ſont pas toûjours exemts d'errer ;
mais c'en eſt trop de ſe dire *faciles à ſe
tromper*. Voilà ce que le bon ſens deſaprou-
ve. Le langage condamne de plus cette
expreſſion *facile à ſe tromper* comme contraire aux regles de la Grammaire, c'eſt-
à-dire à l'uſage ; car en fait de langues c'eſt
la même choſe ; ceux qui les diſtinguent
n'y entendent rien. On n'a jamais employé
en bon françois le mot de *facile* avec la
prépoſition *à* devant un verbe neutre, ſoit
que ce verbe le ſoit par lui-même, ou que
la force du pronom qu'on y joint le rende
tel. On ne dit point, par exemple, *facile
à mourir*, *facile à ſe tuer*, *facile à errer*, *facile
à ſe perdre*, *facile à périr*, *facile à ſe perſuader*,
ni enfin dans aucun des cas où le verbe ſe
trouve avoir une ſignification neutre: Cette
regle eſt generale : & je ne crois pas que
l'autorité de M. de Voltaire ſoit ſuffiſante
pour faire une exception en faveur du verbe *tromper* quand il eſt employé dans le
ſens neutre, c'eſt-à-dire avec le pronom
conjonctif, car autrement il eſt actif. Ainſi
ce ſera une faute dont on pourra le re-

prendre & non pas un ufage qu'il aura in-
troduit. Ne lui en déplaife, le bon ufage
ne met le mot de *facile* avec la prépofition
à que devant un verbe actif dont la fignification devient alors paffive. L'on dit *facile*
à tuer , *facile à perdre* , *facile à perfuader* &
facile à tromper; ce qui fignifie proprement
qu'on peut facilement être tué , perdu ,
perfuadé, ou trompé. Ce que je dis là doit
s'entendre dans les occafions où le mot de
facile marque une chofe aifée à faire : car
quand il a le fens de *bon* ou de *commode* ,
il eft quelquefois bien employé avec un
verbe actif qui retient fa fignification naturelle , ou même avec un verbe que le
pronom rend neutre, pourvû que ce verbe
en regiffe un autre. Ainfi l'on dit d'un Su-
périeur qu'il eft *facile à donner des difpenfes*,
facile à fe laiffer perfuader, *facile à fe laiffer*
prévenir.

Si les deux premiers vers pêchent contre les regles de la langue & du bon fens;
le troifième , qui acheve d'expliquer la
penfée du Poëte, n'eft pas moins fujette à
correction. Quand on entend Oedipe parler
de cette maniere ,

Ils marqueront la place où mon bras doit fraper.

on eft tenté de lui repartir qu'il ne s'agit
pas là de la place, mais qu'il eft queftion du

meurtrier qu'on veut découvrir. Que le
Roi dife que les Dieux marqueront celui
que fon bras doit fraper, cela eft grand;
mais qu'il leur demande l'endroit où il
doit le fraper, cela eft badin. N'eft-ce pas
là une importante connoiffance, pour implorer la lumiere & le fecours des Dieux?
Il faut que l'Auteur foit un peu dévot
pour avoir donné un pareil fcrupule à fon
Héros. Et c'eft une grande humilité dans
Oedipe de s'accufer d'être fujet à fe tromper aifément, parce qu'il pourroit fraper
le meurtrier du Roi dans un endroit plûtôt que dans un autrte.

L'Auteur auroit plûtôt dû fe faire un
fcrupule de mettre dans la bouche de Jocafte ces paroles.

Act. 1. Sc.
t. p. 14.
>
> Et l'on ne pouvoit guere en un pareil effroi
> Vanger la mort d'autrui quand on trembloit pour
> foi.

Convient-il de traiter d'*autrui* fon mari &
fon Roi? Voilà ce me femble une grande
dureté, ou du moins un grand défaut d'é-
ducation, fur tout dans une Reine.

Quand j'entend Hydafpe dire à Jocafte
en ouvrant le fecond acte

Act. 1. Sc.
3. p. 15.
>
> Oui, ce peuple expirant dont je fuis l'Interprète
> D'une commune voix açcufe Philoctete,
> Madame...

Il me vient auſſi un ſcrupule ſur le nom dont il a plu à l'Auteur de baptiſer Hydaſpe dans la liſte des perſonnages. Il le nomme là confident d'Oedipe, & Hydaſpe ſe fait ici connoître pour interprete des Thébains, qui vient de leur part porter à la Reine leurs accuſations contre Philocte-te. Un tel perſonnage devoit plûtôt être nommé le Tribun du peuple ou l'Orateur des Communes. Un Confident rapporte bien les nouvelles & les diſcours du peuple; mais il ne dit pas qu'il en eſt l'Interprete. Sûrement l'Auteur n'a pas bien connu ou le caractere qu'il devoit donner à Hydaſpe, ou celui qu'il lui avoit effecti-vement donné. De plus c'étoit au Roi que ce perſonnage devoit s'adreſſer pour remplir les fonctions de ſon ambaſſade, & non pas à la Reine. Il auroit beaucoup mieux été, ce me ſemble, qu'elle apprît de ſa confidente cette nouvelle comme un bruit de ville, & que pour en être aſſurée elle s'en informât enſuite du confident du Roi, & s'en éclaircît avec lui. Alors celui-ci auroit pû commencer ſon rapport par un *oui* affirmatif, comme il l'a fait, mais mal à propos: car un pareil *oui* ſuppoſe que la perſonne à qui l'on parle ou nie le fait, ou en doute, ou du moins demande ce qui en eſt; cependant il n'eſt rien ici de

tout cela. La Reine n'en a pas même ouï
parler ; puisque surprise de ce qu'on lui
dit , elle s'écrie *qu'ai-je entendu grands Dieux?*
C'est Monsieur Hydaspe qui de son pro-
pre mouvement vient d'une maniere un peu
brusque lui donner d'abord d'un *oui* par les
oreilles , à quoi elle ne s'attendoit pas.

Et moi je ne me serois jamais attendu,
en voyant d'aussi beaux vers que sont ceux
de l'Oedipe de M. de Voltaire, car c'est-
là le principal mérite de sa piece , à y en
voir de pareils à ces deux

Act. 1 Sc.   Il partit , & depuis sa destinée errante
1. p. 16.   Ramena sur nos bords sa fortune flotante

Je ne crois pas , quoiqu'on mene une vie
errante , qu'on puisse dire *une destinée errante* & encore moins *ramener une fortune flotante.* Cela sent bien le Phébus : & si Boileau vivoit , il diroit de ces deux vers qu'ils
sont infailliblement travaillés d'aprés Ron-
sard ; puisqu'ils se trouvent ainsi que les
siens montés sur des épithetes comme sur
des échasses.

A pprouve qui voudra les deux vers sui-
vants

Act. 1. Sc.   Même il étoit dans Thebe en ces tems malheureux
1. p. 16,   Que le ciel a marqués d'un parricide affreux.

Pour moi je trouve que de faire ainsi mar-

quer ces tems par le ciel , c'eſt l'accuſer en quelque façon d'être coupable
du parricide , ce qu'il ne convient pas
de faire ; car chaque nation a toûjours dû
reſpecter le ciel & ſes Dieux vrais ou faux.
Ce Thébain parle auſſi mal, à mon avis,
qu'un François qui diroit que le ciel mar-
qua l'année 1610 du parricide d'Henry
IV. Cette année eſt bien marquée par ce
parricide ; mais ce n'eſt pas le ciel qui l'a
marquée de la ſorte , c'eſt plûtôt l'enfer
ou ſes noirs enfans.

Quoique je ne connoiſſe pas les ſecrets
ſentimens de l'Auteur ni même ſa perſonne , je ne laiſſe pas d'être très fortement
perſuadé qu'il n'en a que de bons : Et c'eſt
pour reſter dans cette opinion que je n'en
jugerai point par ceux qu'il prête à ce
Thébain , en lui faiſant dire :

Ce reſpeƈt qu'aux Héros nous portons malgré nous   *Aƈ. 1. Sc.*
1. p. 16.

Car je croirai toûjours que ce n'eſt pas
malgré eux que les honnêtes gens reſpe-
ƈtent les Héros ; qu'au contraire ils ont
également comme le commun du peuple
du penchant à les reſpeƈter. Le propre de
la vertu eſt d'attirer les cœurs & non de
les contraindre. Si les honnêtes gens ſen-
tent pour les Héros quelque choſe que le
commun du peuple ne ſent point pour eux ;

ce n'eſt pas une répugnance à les honorer, mais une noble émulation & un deſir
ſecret dé pouvoir les imiter.

Le même Thébain ne parle pas françois
quand il dit :

Act. 1. Sc.
1. p. 16.

Thebe en ce jour funeſte
D'un reſpect dangereux a dépouillé le reſte.

On ne dépouille pas le reſpect non plus
que les vêtemens, mais on s'en dépouille.
Qui a jamais dit à l'actif, *je dépouille le reſpect que je vous dois*, ou, *j'ai dépouillé tous mes
habits*? Il n'y a qu'un Thébain qui puiſſe
ainſi eſtropier nôtre langue.

Pourquoi d'abord après la harangue
d'Hydaſpe, Egine dit elle que le ſort de ſa
maîtreſſe eſt affreux, & ne plaint-elle qu'elle ſeule, ſans faire la moindre attention à
Philoctete; du ſort duquel il eſt pourtant
ici queſtion ? Seroit-ce que connoiſſant l'a-
mour de la Reine pour ce Héros, elle ne
ſeroit ſenſible qu'à la peine que la perte de
Philoctete peut cauſer à ſa maîtreſſe ? Mais
comme il n'a pas encore paru qu'Egine
fut inſtruite de cet amour, cela n'étant
expoſé que dans la converſation d'après,
l'Auditeur reſte un peu embaraſſé ſur le
motif qui peut faire ainſi parler la conﬁ-
dente.

Que

Que je vous plains !
Il n'en faut point douter, vôtre fort eſt affreux.

On eſt d'autant plus embaraſſé ſur le motif
d'un pareil diſcours que non ſeulement on
ignore qu'Egine ſoit inſtruite de cet amour,
mais qu'on ne ſait pas même ſi Jocaſte aime
Philoctete. Car il n'en a encore rien été
manifeſté dans tout ce qui a été dit juſqu'ici. Philoctete a bien déclaré qu'il ai-
moit Jocaſte , & que ſon amour l'avoit
également engagé à ſortir de Thebes &
à y revenir ; mais cela ne découvre point
les ſentimens de la Reine , & ne prouve
pas qu'il y ait eû du retour de ſa part : l'in-
différence de la maîtreſſe pouvoit être la
cauſe du départ de l'amant ; & le retour
de celui-ci dans Thebes pouvoit être l'effet
de ſa ſeule perſévérance. L'amour de l'un
n'eſt pas une preuve de l'amour de l'autre;
ſinon dans l'idée de quelques petits maîtres, qui ſe figurent que pour ſe faire aimer des femmes , il n'y a qu'à les aimer
ou en faire le ſemblant ; & qu'il n'en eſt
point parmi elles qui puiſſe ſe défendre
de donner ſon cœur à qui lui offre le ſien.
Enfin ce n'eſt que dans la ſuite que Jocaſte, en renouvelant ſa confidence , nous apprend qu'elle avoit ſenti pour ce Héros *un*
feu tumultueux de ſes ſens enchantés enfant im-

pétueux: C'eſt ainſi qu'elle s'explique elle-
même ſur ſon amour ; à peu près comme
feroit un déclamateur, qui, pour décrier &
blâmer l'amour, tâcheroit de le peindre
par ce qu'il a de défectueux & de mauvais ; ou du-moins comme une femme parfaitement guérie d'une ancienne paſſion.
Mais cette déclaration de Jocaſte, telle
qu'elle eſt, vient un peu trop tard ; & c'eſt-
là une faute de conduite, dans la piece,
qu'il faut joindre à celles que l'Auteur a
confeſſées & à d'autres qu'il n'a point
connues, ou qu'il n'a pas voulu publier
dans ſa critique. Après tout, le ſort de
cette Princeſſe ne devoit pas être ſi affreux ; puiſque ſon amant n'étoit que ſoub-
çonné & qu'il étoit vertueux : il n'y avoit
qu'à le défendre & le juſtifier contre les
ſoubçons du peuple. D'ailleurs, puiſqu'elle
avoue que ſon cœur n'a pû nourrir l'ardeur de cet amour, parcequ'elle l'a trop
combattu ; Philoctete ne lui devoit pas être
ſi chér. Voici ſes propres paroles : *Ne crois*
pas que mon cœur de cet amour funeſte ait pû
nourir l'ardeur, je l'ai trop combattu..... Il eſt
bien vrai qu'elle dit auſſi que le comble
de ſes maux eſt de voir accuſer ce Héros.
Mais c'eſt à l'Auteur à accorder les con-
tradictions de Jocaſte, puiſqu'il les lui a
prêtées. Elles ſont en grand nombre dans

cette fcene; je n'en rapporterai que celle-
ci qui faute aux yeux. Elle nomme fon
mariage avec Oedipe un efclavage, un
fupplice; & elle dit enfuite qu'Oedipe étoit
un mari digne d'elle, pour qui elle avoit
de la tendreffe & de l'amitié; ce qu'Egine
avoit fort bien remarqué, puifqu'elle lui
en fait une efpece de reproche,lorfque cette Reine lui parle de fon amour pour Philoctete. *M'eft-il permis de ne vous rien cacher,
dit-elle, Oedipe, Madame, a paru vous toucher... Vous l'aimiez.*

Quand on fait dire un demi-mot interrompu par un autre recit; on le fait, ce
me femble, de façon qu'on apperçoive à
quoi ce demi-mot tend ou répond. Mais
je défie qu'on puiffe voir, ni par ce qui
précede, ni par ce qui fuit, ce qu'Egine
avoit envie de dire par ce demi-mot

> Cet amour fi conftant....

Voilà ce qui précede, c'eft Jocafte qui *Act. 1. Sc. 2. p. 18.*
parle de Philoctete.

> Lui ! qu'un affaffinat ait pû fouiller fon ame !
> Des lâches fcélérats c'eft le partage infame.
> Il ne manquoit, Egine, au comble de mes maux,
> Que d'entendre d'un crime accufer ce Héros.
> Apprens que ces foubçons irritent ma colere ;
> Et qu'il eft vertueux, puifqu'il m'avoit fû plaire.

Voici ce qui fuit, c'eſt-encore Jocaſte qui parle.

> Ne crois pas que mon cœur
> De cet amour funeſte ait pû nourrir l'ardeur,
> Je l'ai trop combattu. Cependant, chere Egine,
> Quoique faſſe un grand cœur où la vertu domine,
> On ne ſe cache point ſes ſecrets mouvemens
> De la nature en nous indomptables enfans.

On ne voit pas non p'us pourquoi Jocaſte qui interromt Egine, s'excuſe & ſe défend d'avoir nourri l'ardeur de ſon amour. Perſonne ne lui en fait un crime ni même de reproches. Tout cela eſt, ce me ſemble, bien iſolé & dit ſans la moindre de ces préparations que les grands maîtres ſavent ménager, & qui font que chaque choſe paroît être à ſa place.

Je vois encore moins pourquoi Jocaſte traite de *funeſte* l'amour qu'elle a eû pour Philoctete. Il ne paroît pas que cet amour ait cauſé aucun fâcheux accident; il paroît au contraire que, pouvant être un obſtacle au mariage ou de Laïus ou d'Oedipe, il étoit propre à prévenir & empêcher les malheurs qui font le ſujet de la tragédie. Tout ce qu'on en peut dire, c'eſt qu'il a été un amour peu fortuné; puiſque Jocaſte ſe trouve obligée de fui-

vre deux fois dans l'hyménée d'autres loix
que celles de fon cœur. Peutêtre eſt-ce là
ce qu'elle veut dire par le mot de *funeſte?*
Mais en ce cas elle abuſe étrangement des
termes.

Puiſqu'Egine n'eſt qu'une confidente que
ſa diſcrétion plûtôt que ſon eſprit pouvoit
avoir miſe dans la place qu'elle occupe ; je
lui pardonne de n'avoir pas bien connu la
valeur & l'uſage des mots; & je ne lui fais
pas un procès d'avoir donné à la douleur
l'épithete de *vertueuſe* ; quoique je ſois pcr-
ſuadé qu'ils ne ſont pas faits l'un pour
l'autre : ni d'avoir fait une comparaiſon
& mis une eſpece d'oppoſition entre une
douleur juſte & une douleur vertueuſe,
comme ſi ce pouvoit être deux choſes différentes ; quoique je penſe, avec tout le
monde, que ſi la douleur eſt vertueuſe ce
n'eſt qu'autant qu'elle eſt juſte. Ainſi
quand elle dit

   Vôtre douleur eſt juſte autant que vertueuſe.   *Act. 2. Sc.*
2 p. 18.

je me contente de penſer que c'eſt une
confidente d'un ordre ſubalterne, qui dit
comme elle peut ce qu'elle a envie de dire, ſans ſe piquer ni de choix ni de juſteſſe dans ſes termes.

Pour jocaſte, je ne ſaurois lui pardon- *Act. 2. Sc.*
ner de dire qu'elle tremble à la vûe de *2 p. 21.*

Philoctete, C'étoit aſſez pour elle de craindre & d'éviter la préſence de cet homme
ſans y ajoûter du tremblement.

Et je pardonne encore moins à ce prétendu Héros de dire à cette Reine

Act. 2. Sc.
5. p. 22.

Ne fuyez point, Madame, & ceſſez de trembler:
Oſez me voir, oſez m'entendre & me parler,

Quel compliment ! ſur tout à une Reine.
Pourquoi Philoctete vouloit-il qu'elle trem-
blât à ſon approche ? où en eſt le ſujet ?
Ne diroit-on pas, à les entendre, que Philoctete ſeroit quelque ſpectre à faire peur,
ou que du moins il s'imaginoit qu'ayant
été avec Hercule la terreur des monſtres,
tout le monde devoit auſſi trembler devant
lui, ſans en excepter même une Reine dont
il eſt amant ? En vérité elle lui eſt bien
obligée de ce qu'il lui permet de le voir
& de parler. La bonne Dame n'auroit jamais eû cette hardieſſe, s'il ne lui avoit dit
*Ne tremblez pas, oſez me voir, oſez m'entendre
& me parler.* Voilà ce que c'eſt que de vé-
ritables Héros ; l'élevation de leurs ſentimens & la grandeur de leur gloire ne les
empêchent pas de s'humaniſer dans les oc-
caſions, ſur tout avec le beau ſexe: témoin
Philoctete, qui, tout Philoctete qu'il eſt, a
la bonté de dire à la Reine de ne point
trembler & d'oſer le voir & l'entendre.

Elle, raſſurée & docile, l'écoute en effet & paroît être fort ſatisfaite de ce qu'il
dit. Pour moi qui n'ai pas pour lui les yeux
ni le cœur de Jocaſte, je ne ſaurois approuver qu'il diſe,

> N'attendez pas de moi de reproches honteux.

A.1. 1 *Sc.*
3. *p.* 22.

comme ſi les reproches étoient choſes qu'on
attendît. Ils ne font ſûrement pas aſſez de
plaiſir pour cela. On les craint plûtôt qu'on
ne les attend. Il eſt vrai qu'on s'attend
quelquefois à en recevoir ; mais on ne les
attend jamais.

Si Philoctete ne veut pas qu'on attende
de lui des reproches honteux, en revanche
il veut bien qu'on en attende des ſentimens extraordinaires, quand il ajoûte :

> Je ne vous tiendrai point de ces diſcours vulgaires
> Que dicte la moleſſe aux amans ordinaires :
> Un cœur pour qui le vôtre avoit quelque tendreſſe
> N'a point appris de vous à montrer de foibleſſe.

Il ſemble promettre là qu'il va traiter l'a-
mour d'une façon auſſi noble que peu com-
mune, mais pure gaſconade. Il ne dit dans
tout le reſte de la ſcene que deux mots où
il y ait de la tendreſſe ; ou plûtôt il n'en
dit qu'un, mais qu'il repete une ſeconde
fois, & où je ne crois pas qu'on trouve

40   *Nouvelles Remarques*
rien au-deſſus du commun.

   Je vous perds pour jamais qu'aurois-je à craindre
                encore,

dit-il à Jocaſte qui veut lui apprendre le
malheur qu'il a d'être accuſé du meurtre
de Laïus. Et après qu'elle lui a tout dit
& qu'elle l'a prié de ſe retirer & d'abandonner Thebe ; le cœur & l'eſprit de cet
amant extraordinaire lui fourniſſent encore cette nouvelle expreſſion

   Jocaſte ! pour jamais je vous ai donc perdûe.

Amans , apprenez de Philoctete à ne dire
que de grandes choſes & à ne point parler
comme le vulgaire. Vous êtes pour l'ordinaire un peu têtus : Quand une maîtreſſe
qui vous aime & que vous aimez vous prie
de vous éloigner d'elle à cauſe de quelque
danger qu'elle craint pour vôtre perſonne,
l'amour induſtrieux ne manque pas de
vous fournir des raiſons pour montrer à
la belle qu'il n'y a point à craindre ; ou
que s'il y a du danger , vous ſavez le braver pour l'amour d'elle, & que vous êtes
capable de vous en tirer avec honneur :
l'abſence vous paroît le plus grand de
tous les maux. Mais vous vous trompez :
ce n'eſt plus que la molleſſe qui dicte ces
ſentimens à des amans ordinaires. Faites

comme le modele qu'on vous propose : qui-
tez tout d'un coup la partie , & répondez
en Philoctete *je vous perds pour jamais , Madame , pour jamais je vous ai donc perdûe.* Ce
Héros vous dit que c'eft - là le grand; &
moi je vous répons que c'eft le plus fûr :
ainfi il n'y a qu'à gagner & pour vôtre
gloire & pour vôtre fûreté. Il eft vrai qu'il
change dans la fcene fuivante, & qu'il
prend la réfolution de refter ; mais c'eft
fon humeur hautaine & fa converfation
piquante avec le Roi qui font ce que l'a-
mour n'avoit fû faire.

Je ne connois point de cas ni de circonftances où la valeur puiffe être obfcure : il
fe peut feulement faire que ne paroiffant
ni ne fe manifeftant par des actions d'é-
clat, elle demeure dans l'obfcurité : ce qui
feroit arrivé à celle de Philoctete, fi au
lieu d'accompagner Hercule dans fes travaux, il s'étoit uniquement amufé à con-
ter fon glorieux martyr à Jocafte. Voilà
la penfée que le Poëte devoit exprimer &
non pas attribuer fimplement par une épithete l'obfcurité à la valeur de Philoctete,
en faifant ainfi parler Jocafte

> Leur fageffe profonde
> N'a pû fixer dans Thebe un bras utile au monde
> Ni fouffrir que l'amour rempliffant ce grand cœur

Act 2. *Sc.*
3. *p.* 25.

Enchaînât près de moi vôtre obfcure valeur.

C'eſt à peu près la même faute que j'ai
critiqué à l'occaſion de *lente fureur* dont le
Poëte s'eſt ſervi ; avec cette différence
qu'on peut par deſeſpoir dire *vôtre fureur
me paroît encore trop lente*; mais on ne dit pas
vôtre valeur me paroît obſcure, on diroit plûtôt *vôtre valeur ne paroît guere*. En un mot
l'épithete d'obſcure ne ſauroit jamais, à
mon avis , accompagner de bonne grace
le mot de *valeur*, quelque meſure qu'on
prenne pour les ajuſter enſemble.

J'ai fait remarquer plus haut deux vers
faits d'aprés Ronſard , & en voici un fait
en ſtile de banque ou de finances.

Ibid.   De toutes vos vertus comptable à leurs beſoins

Le ſtile même n'en vaut guere en ce genre. Car quoique ceux qui manient les de-
niers doivent les employer ſelon les ordres
qu'ils en ont reçûs ou pour des beſoins
neceſſaires , on né dit pourtant pas qu'ils
en ſoient comptables à ces ordres ni à ces
beſoins : c'eſt au Roi & à leurs ſupérieurs,
ou, ſi vous voulez, au treſor, à la banque
ou à la bourſe qu'ils en ſont comptables.
Pour les vertus , les talens , & les actions ,
on ne dit pas qu'on en eſt comptable , mais
qu'on en doit rendre compte.

Comme le mot de *furpris* a plufieurs
fens ; car il peut marquer ou de l'admi-
ration en voyant quelque chofe d'extraordinaire, ou de l'inadvertence quand on eft
pris au dépourvû , ou de la fupercherie
lorfqu'on nous dupe ; il faut toûjours avoir
foin de le placer de maniere qu'on ne puiffe s'y méprendre , & qu'on n'ait point à
deviner la penfée ; mais qu'elle fe montre
& fe manifefte elle-même par un fens net,
& précis. Et voilà ce que l'Auteur a négligé dans ce vers :

Partez, rendez Hercule à l'Univers furpris.   *Aĉt.* 2. *Sc.*
3. *p.* 25.

où l'on ne fait à qui rapporter le mot de
furpris, ou à Hercule, ou à l'Univers, ni ce
qu'il fignifie là.

Il me femble qu'il a auffi négligé une
certaine juftefle d'oppofition que l'Anti-
thefe demande, lorfqu'il dit

Mourir pour fon pays c'eft le devoir d'un Roi.   *Aĉt* 2. *Sc.*
4. *p.* 27.

Quelque beau que foit le fentiment expri-
mé dans ce vers , je ne peus y goûter le
mot de *pays* ainfi placé en rapport avec celui de *Roi.* On dit d'un Citoyen qu'il meurt
pour fon pays ; mais un Roi meurt pour
fon peuple ou pour fon Etat. Cette critique
eft délicate, je l'avoue , mais je fens cette
délicatefle ; & je ne doute que pas d'au-

tres ne la fentent auffi bien que moi; D'autant plus qu'Oedipe fe croyoit Corinthien
& paffoit à Thebe pour un étranger parvenu au Trône par fa fageffe.

Je ne ferai pas auffi le feul à demander
ce que fignifie *être lent pour l'impatience*. J'a-
voue que fi toute la piece étoit écrite dans
le goût & dans le ftile de ce vers,

2. St.   Mais que Phorbas eft lent pour mon impatience.

5. p. 38.   je n'aurois jamais eû la patience de la lire.
Au refte l'Auteur a bien-tôt oublié cette
impatience du Roi ; puifqu'il ne fait venir
Phorbas qu'au quatriéme acte, quoique
ce foit au fecond que ce Prince s'impa-
tiente fi fort de l'attendre. On dira peutêtre que Phorbas ne devoit paroître qu'à
la fin pour le dénouement de la piece. Il
ne faloit donc pas en ce cas là faire fi-tôt
impatienter le Roi.

Il étoit bien difficile, du caractere dont
eft Philoctete, de le mieux qualifier que
par fon nom propre. Ainfi le Poëte a eû
raifon de lui faire dire

Act 3. Sc.   Mais je fuis Philoctete, & veus bien vous appren-
3. p. 40.   dre

Que l'exacte équité, dont vous fuivez la loi,

Si c'eft beaucoup pour vous, n'eft point affez pour
     moi.

Car en vérité il est bien purement &
& simplement Philoctete & point autre
chose. S'il étoit Prince , il allieroit dans
ce qu'il dit & dans ce qu'il fait la politesse des manieres avec la noblesse des
sentimens : s'il étoit Courtisan , il seroit
souple, complaisant, & flateur : s'il étoit
Amant , il seroit tendre , délicat, & paf-
sionné : s'il étoit Philosophe , il vivroit
dans la tranquilité sans inquiétude & sans
passions : enfin s'il étoit Héros, en s'éle-
vant au-dessus des foiblesses communes il
conserveroit de la modestie. Mais parcequ'il est Philoctete, il répond des brusque-
ries aux honnêtetés d'un Roi : il tient à
tout propos des discours de fanfaron &
de rodomont : il se permet d'aimer une
Reine comme une Grisette par le droit de
son propre mérite : il fait confidence de
son amour comme d'un foible à rougir : il
parle à sa maîtresse en moralisant contre
le langage des amans. Soubçonné d'un
meurtre, il se choque , s'emporte, & ne
peut digerer qu'une populace animée ne
le croie pas innocent sur la foi de son
nom ; au lieu de parler dans cette occasion en homme qui méprise fierement , ou
qui se justifie sans bassesse , ou qui veut
se vanger avec honneur, il succombe sous
son amour propre mortifié, qui, aprés avoir

pris le deſſus, s'exhale en invectives & en diſcours pleins de ſotte vanité. Ce n'eſt point aſſez pour lui que l'exacte équité d'un Roi, qui, preſſé par tous ſes ſujets de découvrir le meurtrier de Laïus, lui témoigne cependant une parfaite eſtime, & ne demande qu'à diſſiper & confondre les ſoubçons du peuple. Enfin le Philoctete ſe donne lui-même ſans façon pour un Héros au-deſſus des autres, vante à tous momens ſes exploits avec emphaſe, tire de là le droit d'avoir de la foibleſſe, & aprés avoir occupé trois actes de la piece, comme s'il en étoit le principal ſujet, auſſi-tôt qu'il voit le moment où le ſort d'Oedipe commence à s'éclaircir, & que ce Roi eſt lui-même accuſé du meurtre de Laïus; il paſſe promptement la porte ſans autres cérémonies, & ne penſe non plus à Jocaſte qu'à ce qui n'a jamais été au monde. Mais aprés avoir tiré, comme on dit, ſon coup de piſtolet contre le malheureux Oedipe par un compliment auſſi gaſcon qu'inſultant, il part & fuit comme un lâche ou comme un ſot qui craint de voir le dénouement de quelque choſe d'extraordinaire; quoique cette même choſe dût être pour lui fort intéreſſante, non ſeulement parcequ'il avoit été le premier ſoupçonné, mais encore par la profeſſion qu'il faiſoit de Hé-

ros prêt à fecourir les malheureux & d'A-
mant déclaré de la Reine. N'étoit-il pas
de la grandeur de refter, pour voir fi toute
cette intrigue ne lui fourniroit pas l'occafion de faire éclater fa vertu & fon cou-
rage, en défendant l'innocent opprimé ?
Son amour pour Jocafte ne pouvoit-il lui
faire penfer que la mort d'un mari coupable la rendant libre, il pourroit être
plus heureux, ou du moins que dans de
telles circonftances une Reine qui lui étoit
fi chere pourroit avoir befoin du fecours
d'un ami fincere & veritable ? C'eft ce
qu'auroit naturellement penfé un Héros &
un Amant à l'ordinaire ; mais un Philoctete non. En un mot, depuis le moment
où il paroît jufqu'à celui où il s'éclipfe
tout d'un coup, il n'eft que Philoctete ;
lui-même le déclare ainfi : car chaque fois
qu'il parle, il femble qu'il dife toûjours
je fuis Philoctete moi, je fuis Philoctete.

Mais laiffons-là ce perfonnage, puifqu'il
tombe ici dans le néant ; & voyons-en un
autre qui fort de fon caractere. C'eft Jocafte, quand elle dit :

Nos Prêtres ne font point ce qu'un vain peuple *Act 4. Sc.*
  penfe,   *1. p. 53.*

Nôtre crédulité fait toute leur fcience.

Ce trait contre la Religion ne fied pas

dans fa bouche : il faut peindre les femmes
naturellement timides , crédules , & fuper-
ftitieufes ; puifqu'elles le font pour l'ordinaire , & Jocafte fur tout qui avoit expofé
fon fils fur la réponfe d'une prétreffe. L'efprit
& le bon fens veulent qu'on donne à chaque perfonnage fon vrai caractere, & qu'on
le lui faffe foûtenir depuis le commencement jufqu'à la fin de la piece. Pour les
deux vers que Jocafte vient de prononcer,
ils auroient eû meilleure grace dans la
bouche d'Hydafpe, qui paroît être un de
ces Courtifans déniaifés qui n'ont pas peur
du diable, & qui penfent de la Religion
ou du moins des Prêtres (car ce font deux
chofes qu'il ne faut pas confondre) en po-
litiques habiles.

Pour moi, fi je ne paffe pas pour habile,
je ne croirai pas du moins paffer pour ftu-
pide en avouant que je ne comprens pas
pourquoi Oedipe, qui fe croit Corinthien,
dit à Jocafte au milieu de Thebes , qu'il
voit les lieux où il eft né ; puifqu'il n'eft pas
encore inftruit de fon véritable état ; que
Phorbas attendu avec tant d'impatience
depuis le fecond acte n'a pas encore paru,
& qu'Icare qui doit tout dénouer & tout
éclaircir n'eft point arrivé. C'eft donc une
faute de jugement d'avoir fait dire à Oedipe

Le deftin m'a fait naître au Trône de Corinte ;
Cependant, de Corinte & du Trône éloigné,
Je vois avec horreur les lieux où je fuis né.

*Act.*4. *Sc.*
1. *p.* 56.

Je ne fais pas comment on pourroit excufer cette faute, à moins qu'on ne dife que
je vois eft employé dans un fens figuré ; &
que quand Oedipe dit *je vois avec horreur les
lieux où je fuis né*, il prétend feulement dire par là qu'il a Corinte fa patrie en horreur, & non pas qu'il voit effectivement le
lieu de fa naiffance. Mais en vérité, fi nous
nous y méprenons, c'eft bien lui qui en eft
la caufe ; il pouvoit, il devoit même s'exprimer d'une façon moins équivoque. Si je
ceffe donc d'attribuer à l'Auteur une faute
de jugement ; ce ne fera que pour le char-
ger d'une faute de goût, d'avoir placé un
fens figuré où le littéral devoit fe trouver.
Car on fent d'abord quelque chofe qui
choque dans ce recit, en le prenant même dans le fens que je viens d'expofer. Et
en voici la raifon : c'eft que le mot *cependant* étant fait pour marquer une efpece
de contrariété & d'oppofition entre deux
chofes, & pour faire entendre que l'une
arrive quoique l'autre dût y être un ob-
ftacle ; il faut auffi, pour l'harmonie &
pour la juftelfe du fens, que les termes dont

òn fe fert pour marquer ces chofes fe
faffent une efpece de guerre, s'il m'eft permis de parler ainfi, ou que du moins ils
ne fe réuniffent pas dans leur fignification
pour marquer deux chofes qui foient parfaitement d'accord & dont l'une doit fuivre l'autre. Autrement cela fait un con-
trafte bizare, que le bon goût ne fauroit
approuver. Et voilà juftement le défaut de
cet endroit. Les termes qui font mis en
oppofition fignifient précifément la même
chofe ou du moins des chofes, qui, bien
bien loin d'être oppofées, font effencielle-
ment unies : ce n'eft que les parentèfes
àjoûtées qui marquent quelque oppofition.
Cela fautera aux yeux dès qu'on regarde-
ra ces termes feuls dénués de ces parentèfes ; les voici, *le deftin m'a fait naître au*
Trône de Corinte, cependant je vois les lieux où
je fuis né. Ne voilà-t-il pas un *cependant*
bien placé ? Qu'on ne dife pas que les parentèfes corrigent le défaut, elles ne font
que répandre une ombre qui empêche à la
vérité qu'on ne voie d'abord en quoi confifte la faute, mais qui n'empêche pas
qu'on ne fente fort bien qu'il y en a. De
plus je doute qu'*éloigné* & *né* riment bien.
Mais comme je fuis plus fcrupuleux fur le
fens que fur la rime, je ne me fcandaliferois
rois pas de celle-là ni de bien d'autres que

je ne m'amufe point à relever, fi quelque
bonne penfée leur donnoit leur paffeport.
Dans tout cet acte Oedipe fe fert à lui-
même de Lieutenant criminel: il s'interroge: il interroge Jocafte: il rappelle dans fa
mémoire fes actions, fes vifions, & toûjours pour éclaircir le foubçon qu'il à ou
qu'il veut avoir fur fon fort ; & cela d'une
maniere trop curieufe du mal, pour qu'elle
lui convienne; & même trop favante dans
les commencemens, pour que le dénouement
en paroiffe furprenant à la fin, & que le
fpectacle ait tout l'agrément qu'il doit avoir.
Il auroit été, ce me femble, plus naturel
de lui avoir toûjours donné un caractere
d'ignorance fur cet article, mais en même
tems beaucoup de curiofité & beaucoup
de foins pour découvrir le meurtrier de
Laïus, dont il vouloit être le vangeur, &
pour convaincre d'impofture, s'il fe pouvoit, le grand Prêtre en lui montrant le
véritable auteur du crime. Cette feule curiofité, qui étoit jufte & qui n'avoit rien
d'impertinent, fuffifoit pour la conduite de
tout le dénouement. On auroit eû beaucoup plus de plaifir à voir Oedipe faire,
par ce motif, des queftions même fur ce
qui le regardoit perfonnellement qu'à les
lui voir faire par un foubçon qui lui vient
tout à coup comme par miracle, & qui

paroît être une efpece de coôfeffion d'un
homme un peu fot qui cherche à être criminel. On le voit ne fe préparer qu'à répandre des larmes; ne promettre que des
allarmes à fon époufe; parler, fur ce fimple foubçon, comme un homme déjà convaincu & perfuadé de fon malheureux fort.
Il avoit fi bien commencé par les bons
confeils d'Hydafpe. Que ne continue-t-il
à douter de la probité du Pontife; à tâ-
cher de connoître par lui-même le vrai,
en faifant un fevere examen de toutes les
circonftances connues & une exacte re-
cherche de celles qui ne l'étoient pas encore; & à fe croire toûjours innocent?
au lieu de fe rendre à je ne fais quelle diffi-
pation de tenebres, qui ne rend pourtant
pas la piece plus brillante. La fincérité du
Pontife & la vérité de l'oracle juftifiés par
le dénouement auroient même ajoûté
quelque chofe au plaifir du fpectacle & à
la beauté de la piece; qui feroit magnifique, fi, exemte des défauts que je viens de
remarquer & de quelques autres que je
releverai en parlant de la critique que
l'Auteur a faite de Corneille, elle n'avoit
pas encore celui de finir par une chofe
également difficile & puérile.

Quand on entend le grand Prêtre dire
d'Oedipe.

Je l'ai vû dans ſes yeux enfoncer cette épée
Qui du ſang de ſon pere avoit été trampée.

Act. 5. *Sc.*
6 *p.* 81.

On eſt d'abord tenté de n'en rien croire ;
car ſi peu que l'épée ſoit longue , il n'eſt
pas aiſé de s'en donner adroitement dans
les yeux : & lorſqu'on a travaillé pour
mettre l'épée de meſure , on eſt choqué de
voir un Roi emporté par l'horreur & par
le déſeſpoir ſe ficher ſon épée dans les yeux,
au lieu de ſe la paſſer au travers du corps.
Si c'eſt-là le goût du ſiecle , il n'en faut
pas diſputer ; mais le bon goût n'en ſoufre
pas moins de trouver une puérilité où il
ne devoit y avoir que du grand. Si le fond
de l'hiſtoire vouloit qu'Oedipe ne mourût
pas , mais qu'il perdît ſeulement les yeux ;
il falloit qu'il ſe les arrachât comme indigne de voir la lumiere : ou ſi l'on vouloit , bongré malgré , que l'épée jouât ſon
rôle ; on pouvoit ſuppoſer qu'Oedipe s'étoit
jetté ſur ſon épée tournée de pointe pour
s'en percer ; mais qu'une main ſecoura-
ble l'ayant voulu détourner & repouſſer ,
elle l'avoit fait de ſorte que le coup avoit
porté dans les yeux , & que le ciel ſatis-
fait n'en exigeoit pas davantage. Corneille
n'a point mis ici l'épée en ſpectacle : il a
pris le parti de faire qu'Oedipe s'arrache
les yeux ; encore avec la ſage précaution

de le repréfenter fans armes auprès de fon
Confident, & de lui mettre dans la bouche des paroles qui font entendre que ce
n'eft que pour augmenter fon fupplice &
prévenir en quelque forte l'ordre du ciel,
en commençant dès ce moment-là le facrifice de fa vie, qu'il penfoit avoir été demandé par l'ombre de Laïus & ordonné
par les Dieux, pour arrêter les ravages
de la pefte; ce qui devoit être exécuté le
lendemain, & n'avoit été différé jufques-
là que par l'amitié de Jocafte pour fa fille
Dircé, lorfqu'on croyoit que c'étoit elle
qui dût être la victime. Voici comment ce
grand Maître fait rapporter ce fait par
Dimas:

> J'étois auprès de lui fans aucunes allarmes,
>
> Son cœur fembloit calmé je le voyois fans armes:
>
> Quand foudain attachant fes deux mains fur fes
>
> yeux:
>
> *Prévenons, a-t-il dit, l'injuftice des Dieux,*
>
> *Commençons à mourir avant qu'ils nous l'ordonnent,*
>
> *Quainfi que mes forfaits mes fupplices étonnent,*
>
> *Ne voyons plus le ciel après fa cruauté,*
>
> *Pour nous vanger de lui dédaignons fa clarté.*
>
> Là fes yeux arrachés par fes barbares mains
>
> Font diftiller un fang qui rend l'ame aux Thébains.
>
> Ce fang fi précieux touche à peine la terre,
>
> Que le courroux du ciel ne leur fait plus la guerre.

A l'égard des Critiques que M. de Voltaire a fait imprimer à la fuite de fa Tragédie ; je penfe de la premiere qui regarde Sophocle, que c'eſt un arrêt donné par un juge incompétent, & dont on
peut appeller comme d'abus à un autre
tribunal plus éclairé. En effet quelle pré-
fomption dans les Modernes de vouloir
décider du mérite des Anciens ; & cela fur
la traduction de ces Anciens faite par d'autres Modernes ! Les uns leur prêtent des
idées : les autres leur attribuent le ridicule
qu'ils trouvent dans ces idées modernes.
Cependant, défigurés par les premiers &
condamnés par les feconds, ils reſtent toûjours les mêmes & fe foûtiennent dans toute
leur fplendeur indépendemment de leurs
amis à qui ils n'ont aucune obligation, &
malgré leurs ennemis dont ils ne reçoivent
aucun dommage : & pour dire la vérité,
ils ne font qu'un prétexte aux injures que
les Modernes ont envie de fe dire les uns
aux autres. Nous n'en connoiſſons pas affez
toutes les délicateſſes du langage, les coû-
tumes, les ufages, les figures, les fines al-
lufions, les mœurs & la police pour en
pouvoir porter un jugement équitable.
Rien n'eſt plus aifé en les traduifant que
de les enlaidir ou les embélir de nos propres couleurs. L'on ne défend ou l'on ne

condamne ordinairement un Ancien qu'a-
près en avoir fait un Moderne. Voilà l'in-
juſtice. Il faut le laiſſer dans ſon antiquité, & s'y tranſporter ſoi-même pour l'examiner là dans ſon état & dans ſa ſituation
naturelle. Mais quelle difficulté ! Où ſont
les Modernes capables d'un pareil examen,
puiſqu'à peine jugent-ils bien des ouvrages de leur tems où tout leur eſt connu
& familier. S'il n'en ſont donc pas capables ; il eſt de leur modeſtie & de leur
prudence de ne ſe point mêler d'en juger
& de ne point faire de comparaiſons, qui
pourroient devenir un jour la honte de
nôtre ſiecle , lorſque quelque génie ſupé-
rieur, joignant à une profonde & parfaite
érudition un diſcernement exquis & un
goût délicat , voudra bien ſe donner la
peine de nous montrer l'antiquité au naturel en homme qui l'auroit vûe de ſes
yeux ; déveloper & rendre ſenſible ce que
l'ignorance rend obſcur ou ridicule ; &
manifeſter les beautés & les défauts des
Anciens, comme l'auroit fait un galant
homme de leur ſiecle. Pour moi , juſqu'à
ce que ce grand homme paroiſſe, je m'en
rapporte à l'eſtime univerſelle qu'on a eûe
pour eux dans tous les ſiecles. Je crois
qu'ils ont excellé & que les Modernes ne
leur ſont pas inférieurs ; j'entens les grands

Maîtres de l'un & de l'autre âge. L'esprit
& le bon goût sont de nôtre partage aussi
bien que du leur : & je ne les crois pas
exemts de défauts non plus que nous. Ainsi
je ne fais point de différentes classes pour
les Grecs, les Latins, & les François. Je
nomme sans distinction Sophocle, Euripi-
de, Corneille, Racine, Plaute, Térence,
Moliere, Renard, Homere, Virgile, Ho-
race, Boileau, Fontenelle, Phedre, & La
Fontaine: & peutêtre mettrai-je bien-tôt
dans ce rang l'Auteur du nouvel Oedipe.
Il est du-moins capable d'y parvenir ;
c'est à lui d'y travailler.

Quant à la seconde Critique qui est celle
de l'Oedipe de Corneille ; je n'ose pas tout-
à-fait m'expliquer ni dire naturellement ce
que j'en pense, la politesse & l'honnêteté
m'en empêchent. Mais le nouveau Tragi-
que auroit, à mon avis, beaucoup mieux
fait, si, au lieu de critiquer son maître, il
l'avoit bien étudié : son tems auroit été
alors plus utilement employé pour son avan-
cement comme pour sa gloire.

Il n'en auroit pas imposé à Corneille
en disant que Théfée débute par ces deux
vers

Quelque ravage affreux qu'étale ici la peste
L'absence aux vrais amans est encor plus funeste.

Ces deux vers ne viennent qu'après d'autres qui leur fervent de préparation, fur
tout ceux-ci qui les précedent immédiatement.

> La gloire d'obéir n'a rien qui me foit doux
>
> Lorfque vous m'ordonnez de m'éloigner de vous.

Et au lieu d'y trouver un étrange rôle pour
un Héros, il y auroit vû une étrange force
de l'amour qui fait méprifer le danger de la
mort plûtôt que de s'éloigner de ce qu'on
aime. Et cette reflexion auroit peutêtre
pû l'empêcher de donner lui-même un
étrange rôle, pour un amant & pour un
Héros, à fon Philoctete, lorfque Jocafte
lui dit de fortir de Thebe parcequ'on l'y
accufe du meurtre de Laïus, comme Dircé le dit ici à Théfée à caufe de la pefte.
Ce n'eft pourtant pas que j'applaudiffe
entierement à ces deux vers de Corneille.
Ils pèchent, à mon fens, en ce qu'on en
a fait une maxime générale pour les amans;
il auroit mieux été, ce me femble, de
n'en faire qu'un fentiment particulier pour
Théfée ; en forte qu'il témoignât feulement à fa maîtreffe que, quelque péril
que la pefte lui fît courir, elle ne pouvoit
pas lui être plus funefte que fon abfence;
l'une pouvant l'épargner & l'autre devant
neceffairement le faire mourir ; car tel eft

le langage ordinaire de l'amour. Il n'y
avoit pour cela qu'à changer ce vers

L'abſence aux vrais amans eſt encor plus funeſte

en celui-ci,

L'abſence me feroit encore plus funeſte.

Ainſi je ne crois pas qu'on trouve rien d'é-
trange pour un Héros qui aime fortement
& tendrement une Princeſſe dans une ville
où eſt la peſte de lui répondre de cette maniere, lorſqu'elle le preſſe de s'éloigner
d'elle par l'appréhenſion où elle eſt pour
lui,

La gloire d'obéir n'a rien qui me ſoit doux
Lorſque vous m'ordonnez de m'éloigner de vous.
Quelque ravage affreux qu'étale ici la peſte,
L'abſence me feroit encore plus funeſte.
Et d'un ſi grand péril l'image s'offre en vain,
Quand ce péril douteux épargne un mal certain.

Mais je crois très fort qu'on trouvera
étrange que M. de Voltaire critique le
grand Corneille ſans s'expliquer autrement
que par le mot d'*étrange Rôle*. On ſait bien
que les plus grands hommes ſont fautifs,
mais encore faut-il donner quelque raiſon
qui explique en quoi conſiſte leur faute,
quand on ſe mêle de les reprendre : car

la partie ne feroit pas égale en cette rencontre de vouloir feulement oppofer autorité à autorité : c'eft fouvent ce que les
meilleurs raifons peuvent faire que de ba-
lancer le crédit · d'une réputation établie.
Peutêtre auffi a-t-il bien fait de s'en tenir
à ce terme vague : car, s'il nous avoit expofé clairement fa penfée & fes motifs de
condamnation , il auroit pû nous faire
entendre qu'il blâmoit Théfée parcequ'il
croyoit que ce Héros comparoit en géné-
ral les maux que la pefte fait aux peuples à
ceux que l'abfence caufe aux amans & met-
toit ceux-ci fort au-deffus des autres. Du
moins je penfe entrevoir dans fes paroles
que c'eft-là ce qu'il s'eft imaginé , & fur
quoi il a fondé fa critique. Qu'on y faffe
un peu d'attention , & l'on verra que je
n'ai pas tout-à-fait tort de former cette
conjecture. Voici comment il s'exprime,
Il faut avouer que Théfée joue un étrange rôle
pour un Héros au milieu des maux les plus hor-
ribles dont un peuple piuffe être accablé, il débute
par dire que quelque ravage affreux qu'etale ici
la pefte , l'abfence &c. En ce cas-là M. de
Voltaire aura raifon de trouver ce rôle
étrange ; mais alors il fera lui-même le
véritable objet de fa critique ; car tout
fera de fon cru la faute comme la condamnation. Corneille dit bien que la pefte eft

moins funeste aux vrais amans que ne leur
est l'absence ; mais il ne dit pas que la peste
soit en general un moindre mal sur la terre
que l'absence des amans. Quand on fait
lire de cette façon on a un grand champ
pour la Critique. Si c'est-là ce que M. de
Voltaire appellé respecter la vérité plus
que Corneille, c'est-là ce que tout autre
nommerà se mocquer de la vérité pour
chercher à insulter Corneille.

Il en est de même dans le second article de la Critique comme dans le premier.
On y suppose faussement la faute qu'on y
condamne. Après avoir rapporté tout au
long la déclaration que Thésée fait à Oedipe de son amour, pour Dircé, on blâme
tout cela comme une faute de bon sens,
parceque, dit-on, l'ombre de Laïus demande un Prince ou une Princesse de son
sang pour victime, & que Dircé, seul reste
du sang de ce Roi, est prête à s'immoler
sur le tombeau de son pere. En vérité il
est bien desagrèable d'être obligé pour
défendre un Auteur mort de donner un
démenti à un Auteur vivant ; mais pourquoi s'y expose-t-il ? Après tout, ce ne serà
qu'un démenti de critique, qui ne partant
que de l'esprit & non du cœur, n'offensera
ni l'honnêteté ni la politesse. Ce correctif
posé, je prens la liberté de lui dire qu'il

n'eft pas vrai que l'ombre de Laïus demande une victime de fon fang ni que
Dircé foit prête à s'immoler lorfque Théfée parle de fon amour à Oedipe. Tout ce
qu'il y a de vrai, c'eft qu'Oedipe avoit
envoyé à Delphes confulter l'Oracle fur les
maux préfens, & qu'il en attendoit réponfe ; mais puifqu'il l'attendoit, elle n'étoit
donc pas arrivée ; il le dit lui-même au
commencement de cette fcene, voici fes
propres paroles

Au milieu des malheurs que le ciel nous envoye,
Prince ; nous croiriez-vous capable d'une joye,
Et que nous voyant fur les bords du tombeau
Nous puffions d'un hymen allumer le flambeau !
C'eft choquer la raifon, peutêtre & la nature,
Mais mon ame en fecret s'en forme un doux au-
    gure,
Que Delphes dont j'attens réponfe en ce moment
M'envoira de nos maux le plein foulagement.

De-là Théfée prend occafion de lui découvrir fon amour pour Dircé & de la lui
demander en mariage ; toute la fcene roule
là-deffus : on ne fe figure encore rien du facrifice qu'il plaît à M. de Voltaire de joindre ici, pour trouver de quoi faire un procès à Corneille. C'eft affurément une fupercherie puniffable s'il y avoit une juftice

pour cela : car enfin cette fcene eft la feconde du premier acte, & le courier ou, fi
vous voulez, l'ambaffadeur n'arrive de
Delphe qu'à la cinquième fcene, & n'ap-
porte encore pour toute inftruction & pour
toute réponfe de la part des Dieux qu'un
refus de parler & d'écouter.

Ils font muets & fourds (*dit Dimas*)
Nous avons par trois fois imploré leur fecours,
Par trois fois redoublé nos vœux & nos offrandes,
Ils n'ont pas daigné même écouter nos demandes.

Ce qui fait qu'Oedipe va ordonner à Tiréfie d'évoquer les mannes de Laïus pour
le confulter : ainfi finit le premier acte, fans
que le facrifice de Dircé foit fur le tapis. Enfin ce n'eft qu'à la troifième fcene du fecond
acte que l'ombre de Laïus parle, & que fa
réponfe fe publie, dont Nérine a grand
foin d'avertir auffi-tôt la Princeffe, comme d'une chofe qui la touche de près. Voilà le vrai & la conduite que Corneille a
gardée dans fa piece. Par quel efprit donc
vient-on nous dire qu'on parle du mariage de Dircé & que cependant elle eft prête
à s'immoler, l'ombre de Laïus la deman-
dant pour victime ; puifque cette ombre,
bien loin d'avoir parlé, n'a pas même été
confultée & ne l'eft que dans l'acte d'après?

Il y a là de l'impofture & quelque chofe même de choquant pour le public ; car c'eft le croire bien fot ou bien peu judicieux que d'ofer lui debiter de pareils menfonges, & vouloir diminuer par d'indignes artifices l'eftime qu'il a pour Corneille. Si l'Auteur en a honte, qu'il les avoue & les retracte ; mais qu'il n'aille pas dire, pour s'excufer, qu'il n'a pas prétendu avancer que la réponfe de Laïus fût connue dans ce tems-là, & qu'on fût que Dircé dût être regardée comme une victime prête à s'immoler ; mais feulement que la chofe devoit être déclarée dans la fuite, & l'étoit effectivement ; & que c'eft en ce fens qu'il faut ou du moins qu'il veut qu'on prenne ces termes *cependant l'ombre de Laïus demande un Prince ou une Princeffe de fon fang pour victime, & Dircé eft prête à s'immoler ;* c'eft-à-dire le tems préfent pour le tems futur, comme s'il y avoit *demandera une Princeffe pour victime, & Dircé fera dans quelque tems prête à s'immoler.* Car, fans pefer fur le rifible de cette interprétation, qui eft pourtant la feule par où il puiffe fe difculper du crime de leze-vérité, ce feroit par là tomber de Scylle en Carybde, & fe plonger dans l'abyme d'une affreufe & ridicule ignorance que de defaprouver que des perfonnages parlent dans un acte comme gens qui ne

favent

favent pas ce qui doit arriver ni ce qu'ils
doivent apprendre dans l'acte fuivant ;
puifque c'eft en cela que confifte prefque
tout l'art de l'intrigue & de la conduite
des pieces de théatre. Et pour le faire toucher au doigt au fieur de Voltaire ; qu'on
lui demande pourquoi, dans fa piece, Philoctete, apprenant la mort de Laïus, fe
réjouit fi fort de pouvoir poffeder Jocafte,
puifque cela ne fe peut pas ; cette Reine
étant remariée à Oedipe. Ne répondra-t-il
pas avec raifon que cette efperance eft à fa
place, parcequ'il ne paroît pas encore que
Philoctete fache ce fecond mariage ; puifque ce n'eft qu'en ce moment qu'il apprend la mort de Laïus. Pourquoi donc
n'a-t-il fû faire cette même réponfe au
fcrupule qu'il s'eft fait fur cet endroit de
Corneille, & paffe-t-il condamnation ? Y
a-t-il une regle différente & une loi particuliere pour lui ? S'il y en a, nôtre Critique en eft le Légiflafteur : & il en fait à
merveille l'application. Il fe croit en droit
de faire parler un perfonnage comme ig-
norant une chofe déjà arrivée, éclatante,
connue de tout le monde ; qu'on lui ex-
pofe dans la même converfation quelques
lignes plus bas;que la renommée du Sphinx,
de la victoire remportée fur ce monftre, &
de la récompenfe promife & accordée au

vainqueur devoit avoir apprife à toute la terre. Et il refufe à Corneille le droit de faire parler fes perfonnages en gens qui ignorent une chofe qu'ils doivent ignorer; que perfonne ne peut favoir que par don de prophétie, puifqu'elle n'eft pas enore, qu'elle n'arrive qu'un acte tout entier après; & fur quoi il n'y a pas la moindre conjecture à former. Quelle fauffe balance! Si l'on pouvoit faire une comparaifon de faute entre deux chofes où il n'y en a point; l'on diroit que l'endroit de Corneille en eft encore plus éloigné que celui de M. de Voltaire.

Si ce Critique a la hardieffe d'en impofer; il ne manque pas non plus de fineffe pour déguifer, quand cela fert à mettre Corneille en défaut. Ecoutons-le parler lui-même: *Théfée, dit-il, qui veut mourir pour Dircé lui fait accroire qu'il eft fon frere, & ne laiffe pas de lui parler d'amour malgré la nouvelle parenté. Cependant, qui le croiroit! Théfée dans cette même fcene fe laffe de fon ftratageme: il ne peut plus foûtenir davantage le perfonnage de frere: & fans attendre que le véritable frere de Dircé foit connu, il lui avoue toute la feinte, & la remet par-là dans le péril dont il vouloit la tirer.* Voilà l'arrêt prononcé, dont tout le difpofitif eft cette exclamation *cependant qui le croiroit.* En vé-

rité, si tous les Lecteurs avoient des yeux
faits comme ceux de M. de Voltaire, il n'y
auroit point de métier plus ingrat que celui
de bien écrire, ni de tems & de talens plus
sottement employés. Il faut absolument
qu'il ait lû Corneille au travers de quelque verre enchanté & avec une espece de
frayeur; puisqu'au lieu de le voir tel qu'il
est, il s'en est fait un phantôme que personne ne reconnoît. Mais nous, à qui la
fureur poëtique n'altere point les sens, li-
sons-le à nôtre tour avec des yeux sains,
& montrons le véritable Corneille dans
son naturel. Le voici.

Thésée, pour sauver Dircé, que tout
le monde pense être la victime que l'ombre de Laïus a demandée parcequ'on la
croit seule du sang de ce Roi, fait courir
le bruit que le fils de Laïus frere de Dircé n'est pas mort comme on le croyoit,
feint d'être lui-même ce fils, & fait en
sorte que cela aille jusqu'aux oreilles d'Oedipe. Cette manœuvre de Thésée n'est pas
représentée sur le théatre: mais voici comment Corneille en instruit le Spectateur.
Dans la troisième scene du second acte,
Oedipe, répondant aux reproches que Dircé lui fait de retarder trop long-tems son
sacrifice sous le prétexte d'attendre un ordre plus exprès des Dieux, dit

Mais la chofe après tout n'eft pas encore fi claire
Que cet ordre nouveau ne nous foit neceffaire.

Et Dircé repliquant

Quoi mon pere tantôt parloit obfcurément !

il ajoûte

Je n'en ai rien connu que depuis un moment,
C'eft un autre que vous peutêtre qu'il menace.

Voilà un doute jetté fur le fens de l'Oracle & un commencement de nouvel incident. Dircé, à qui la patience manque, fe retire avant qu'Oedipe s'explique là-deffus. C'eft dans la fcene fuivante que ce Roi en parle clairement à Jocafte. Après lui avoir demandé fi , lorfqu'elle fit expofer fur le mont Cythéron ce fils qu'elle eut de Laïus, elle avoit fait choix pour cela d'un miniftre fidele ; il lui dit nettement

Un bruit court depuis peu qu'il vous à mal fervie ;
Que ce fils qu'on croit mort eft encore plein de vie.
L'oracle de Laïus par-là devient douteux :
Et tout ce qu'il a dit peut s'étendre fur deux.

A quoi Jocafte répond

Seigneur, ou fur ce bruit je fuis fort abufée,
Ou ce n'eft qu'un effet de l'amour de Théfée;
Pour fauver ce qu'il aime & vous embaraffer,
Jufques à vôtre oreille il l'aura fait paffer :
Mais Phorbas aifément convaincra d'impofture
Quiconque ofe à fa foi faire une telle injure ;
Je l'ai toûjours connu ferme dans fon devoir.
Mais fi déja ce bruit vous met en jaloufie,
Vous pouvez confulter le divin Tiréfie.

Oedipe replique

Je viens de le quiter ; & delà vient ce trouble
Qu'en mon cœur allarmé chaque moment redou-
   ble :
Ce Prince. m'a-t-il dit, refpire en vôtre cour ;
Vous pourrez le connoître avant la fin du jour ;
Mais il pourra vous perdre en fe faifant connoître;
Puiffe-t-il ignorer qu'elle fang lui donna l'être.

C'eft ainfi que le Spectateur apprend, avec
Jocafte, de la bouche d'Oedipe le nouvel
incident du bruit répandu, & de plus les
foins que ce Roi s'eft donnés pour s'éclaircir & s'affurer de la chofe ; qui depuis la
réponfe de Tiréfie n'eft plus un fimple
bruit de ville, mais un fait véritable. Enfin dans la cinquième fcene de cet acte,
Théfée, qui ignore les recherches que fa

feinte a donné occaſion de faire, la continue auprès de la Reine , & lui dit ſur ce
ton .

Ditcé n'eſt plus , Madame , en état de périr.
Le ciel vous rend un fils ; & ce n'eſt qu'à ce
   Prince ,
   Qu'eſt dû le triſte honneur de ſauver ſa Province,
. . . . . .
Hélas, cette Princeſſe à mes deſirs ſi chere
En un fidele amant trouve un malheureux frere ;
Qui mourroit de douleur d'avoir changé de ſort,
N'étoit. . . . . .
     qu'il eſt connu pour mourir au lieu d'elle,

Sur quoi Jocaſte lui dit

Quoi ! vous ſeriez mon fils ! qui vous a pû le dire?
Théſée répond

     Un témoin qui n'eſt plus ;
Phédime , qu'à mes yeux vient de ravir la peſte;
Non qu'il m'en ait donné la preuve manifeſte ,
Mais Phorbas , ce vieillard qui m'expoſa jadis ,
Répondra mieux que lui de ce que je vous dis.

La Reine inſtruit alors Théſée des recherches que le Roi a faites auprès de l'Oracle, pour ſavoir s'il étoit vrai que ce fils
de Laïus fût encore vivant, en lui repli-
quant ainſi

Avec vôtre mourant Tiréfie eft d'accord,
A ce que dit le Roi , que mon fils n'eft point
mort

Attendons toutefois ce qu'en dira Phorbas.
.. de ce témoin feul dépend la connoiffance
de vôtre naiffance.

Voilà comment Corneille inftruit adroitement & par degré fon Spectateur, en lui
montrant d'abord Oedipe , qui , averti par
un bruit répandu & affuré par l'Oracle
que le fils de Laïus exifte, conte tout cela
à Jocafte pour tirer d'elle de nouvelles
lumieres fur ce qui regarde cet enfant expofé ; & en faifant enfuite paroître Théfée, qui , voulant perfuader à la Reine
qu'il eft ce fils qu'elle a fait expofer , apprend d'elle que ce qu'il avoit avancé fur
la vie de ce Prince fe trouve véritable &
confirmé par l'Oracle. Ainfi Théfée fe voit
alors, & le Spectateur le voit de même ,
parvenu au but qu'il s'étoit propofé de
fauver Dircé; mais avec l'avantage de n'ê-
tre plus obligé pour cela de s'en dire le
frere , ni de mourir pour elle ; puifque
l'Oracle vient d'affurer que ce frere vit ,
& qu'il fera connu avant la fin du jour.
Ce Héros n'a donc maintenant d'autre

intcrêt, ni d'autres foins à prendre que
de faire favoir promtement cette nouvelle
découverte à fa maîtreffe, & de la détromper en cas qu'elle foit inftruite & perfua-
dée du bruit qu'il avoit répandu dans le
public. C'eft auffi ce qu'il va faire. Mais
il ne paroît pas dans tout cela que Théfée faffe accroire à Dircé qu'il eft fon frere, ni qu'il lui parle d'amour malgré la
nouvelle parenté ; puifqu'il ne lui parle pas
même en aucune façon, & qu'elle n'eft
préfente à rien de tout ce que je viens de
rapporter. Il paroît au contraire dans l'acte
fuivant qu'elle a feulement appris de la renommée que fon frere vivoit,& que Théfée
paffoit pour être ce frere. Voici comment
elle parle la premiere à Théfée en ouvrant
la fcene

> Sur ce bruit l'amour m'avoit flatée,
> Et ce jaloux honneur qui ne confentoit pas
> Qu'un frere me ravît un glorieux trépas,
> Ne me refufoit pas de vivre pour Théfée.
> Mais fi je vois en vous ce déplorable frere,
> Quelle faveur du ciel voulez vous que j'efpere
> S'Il n'eft pas en fa main de m'arrêter au jour,
> Sans faire foulever & l'honneur & l'amour.
> S'il dédaigne mon fang, il accepte le vôtre.

Théfée, voyant que Dircé étoit inftruite
du bruit répandu, & qu'elle croyoit ou du

moins craignoit que ce ne fût vrai, mais
qu'elle ne savoit rien de la réponse de l'O-
racle ni de sa feinte, lui répond en homme plus instruit, mais qui profite de l'i-
gnorance où elle est sur ce qui le regarde,
pour faire un peu valoir auprès d'elle le
dessein qu'il avoit eû de la sauver, même
aux dépens de sa vie, & pour se donner en
même tems le plaisir d'entendre & de se faire
dire des choses nouvelles. Cela est si naturel à
un amant revenu du trouble, où l'avoit jetté l'appréhension de perdre ce qu'il aime,
dans le calme, où l'assurance de le conser-
ver l'a remis. C'est aussi une marque du
goût & l'habileté de Corneille, qui fait
d'abord parler ce Héros en termes équivo-
ques & generaux, qui tendent à la vérité
à la détromper & à lui persuader qu'il n'est
pas son frere; mais qui ne sont pas assez
positifs pour fraper l'esprit d'une personne
remplie de crainte & de frayeur, telle
qu'est encore Dircé. Ce n'est qu'après s'ê-
tre ainsi satisfait que Thésée s'explique
plus précisément & tire tout au clair. Qu'on
l'écoute, & qu'on en juge. Voici comme
il répond à ce que Dircé vient de dire:

> Le ciel choisit souvent de secretes conduites,
> Qu'on ne peut démêler qu'après de longues suites :
> Et de mon sort douteux l'obscur évenement

Ne défend pas l'efpoir d'un fecond changement,
Je chéris ce premier qui vous eft falutaire ;
Je ne puis en amant ce que je puis en frere ;
J'en garderai le nom tant qu'il faudra mourir ;
Mais fi jamais d'ailleurs on peut vous fecourir,
Peutêtre que, le ciel me faifant mieux connoître,
Si-tôt que vous vivrez, je cefferai de l'être :
Car je n'afpire point à calmer fon courroux,
Et ne veus ni mourir ni vivre que pour vous.

N'eft-çe pas là faire entendre qu'il n'eft
pas fon frere, & que s'il lui tient des difcours tendres, ce n'eft que fur la promeffe
d'un fecond changement de frere en amant,
Si Dircé , au lieu de fuivre la prévention
de la renommée, avoit fait attention à ce
que Théfée dit, & lui avoit demandé comment fe pouvoit faire ce fecond changement ; il lui auroit dit tout d'un coup ce
qu'il lui explique quelque tems aprés. Mais
parceque cette Princeffe, à qui il eft permis en cette occafion de prendre le change, ne répond qu'en blâmant Théfée de
ce qu'il lui témoigne encore de l'amour ;
ce Prince, fachant ce qu'il fait & ce que
le Spectateur n'ignore pas qu'il fache, a
raifon de repliquer ainfi.

J'ai mêmes yeux encore & vous mêmes appas ,
Si mon fort eft douteux mon fouhait ne l'eft pas.

Mon cœur n'écoute point ce que le fang veut dire,
C'eft d'amour qu'il gémit, c'eft d'amour qu'il fou-
pire.

Il y a dans tout ce que Théfée dit là une
fineffe & un double-entendre qui eft bien
de l'efprit de Corneille comme du jeu &
de la regle du théatre. Mais il n'y a rien
de tout ce que M. de Voltaire y a vû.
Théfée n'y fait point accroire à Dircé
qu'il eft fon frere ; il la laiffe feulement un
moment dans cette perfuafion où il la
trouve , pour fe donner une fatisfaction
très permife & affez naturelle en pareille
rencontre. Il ne lui parle pas d'amour malgré la nouvelle parenté : mais il lui en
parle en lui faifant connoître & fentir
qu'il n'y a point de parenté & qu'il n'y
en a eû , dans le bruit public , qu'autant
que cela étoit propre à la fauver de la mort.
Il ne la remet point , en lui avouant fa
feinte , dans le danger dont il vouloit
la tirer : mais il lui apprend qu'il n'y a
plus ni danger pour elle ni rien à craindre pour lui ; parceque fa feinte a
donné occafion à découvrir que le véritable frere exiftoit & qu'il paroîtroit le jour
même. Il ne fe laffe point enfin de faire
le perfonnage de frere & ne manque point
de force pour le foûtenir : mais voulant

raſſurer Dircé contre ce qu'elle craint pour
lui, & voyant qu'elle ne l'entend pas à demi-mot & qu'elle continue à lui parler ſur
le même ton ; il s'explique enfin d'une maniere plus claire ,! faiſant même, en homme vraiement amoureux, un doux reproche à ſa maîtreſſe de ce qu'elle n'a pas
compris les premiers diſcours ; dont il lui
répete quelques termes. Marque ſenſible
de ſon deſſein, de parler pour la détromper, & non pour lui faire accroire qu'il
eſt ſon frere. Ecoutons-le

Je vous ai déjà dit, Princeſſe, que peutêtre
Si-tôt que vous vivrez, je ceſſerai de l'être.

Faut-il que je m'explique ? Et toute vôtre ardeur
Ne peut-elle ſans moi lire au fond de mon cœur ?
Puiſqu'il eſt tout à vous, pénétrez-y, Madame,
Vous verrez que ſans crime il conſerve ſa flame.

à . . . . . .
                    ce nom décevant
A fait connoître ici que ce Prince eſt vivant :
Phorbas l'a confirmé : Tiréſie a lui-même
Appuyé de ſa voix cet heureux ſtratageme :
C'eſt par lui qu'on a ſû qu'il reſpire en ces lieux;
Soufrez donc qu'un moment je trompe encor leurs
        yeux,
Et puiſque dans ce jour ce frere doit paroître,
Juſqu'à ce qu'on l'ait vû permettez-moi de l'être.

Est-il possible que ce recit joint à toute la conduite de cet incident n'ait pas défillé les yeux à M. de Voltaire ? CEPENDANT, QUI LE CROIROIT ! il fait de son aveuglement & de ses bévûes un procès à Corneille.

Où a donc encore vû ce Critique que Théfée époufe Dircé à la fin de la piece ? Qu'il nomme l'édition où cela se trouve. J'ai actuellement fous mes yeux celle de Paris faite en 1692 chez Guillaume de Luynes ; & j'ai beau les ouvrir tout des plus grands, je ne vois finir la piece que par le recit du defespoir d'Oedipe, qui s'est arraché les yeux, & du promt foulagement qu'en ont reçû les Thébains par la guérifon de leurs maux. C'est Dimas qui fait ce recit que j'ai rapporté ailleurs : & immédiatement après, Théfée fait là-deffus cette reflexion

Ceffons de nous géner d'une crainte inutile :
A force de malheurs le ciel fait affez voir
Que le fang de Laïus a rempli fon devoir :
Son ombre est fatisfaite, & ce malheureux crime
Ne laiffe plus douter du choix de la victime.

A quoi Dircé ajoûte,

Un autre ordre demain peut nous être donné.
Allons voir cependant ce Prince infortuné,

Pleurer auprès de lui nôtre deſtin funeſte :
Et remettons aux Dieux à diſpoſer du reſte.

Ainſi finit la piece mot pour mot : je ne
vois point là d'épouſailles.

Au reſte la Tragédie finit beaucoup
mieux dans Corneille que dans M. de
Voltaire. C'eſt le deſeſpoir de Jocaſte qui
termine la piece dans celui-ci, apparemment par reſpeët pour Oedipe à qui elle
veut ceder l'honneur de donner l'exemple;
du moins je n'en vois point d'autre raiſon.
Car, lorſqu'elle apprend que ſon mari eſt
auſſi ſon fils & celui de Laïus, elle ne ſe
deſeſpere point à cette Nouvelle aſſomman-
te; au contraire elle demande du ſecours,
appelle Egine pour la ſoûtenir & la con-
ſoler ; *aide-moi, ſoûtiens-moi, prens pitié de ta*
Reine, dit-elle. Et quand elle apprend que
les Dieux ſont ſatisfaits de ce qu'Oedipe
s'eſt donné des coups d'épée dans les yeux
& qu'ils ne demandent point la mort de
ce Roi; alors elle ſe tue ſur le théatre, par
le pur plaiſir, ce ſemble, de ſe tuer ou du
moins de contrarier le ciel & le grand
prêtre, & de lui répondre *& moi je me*
punis; lorſqu'il lui dit *Tel eſt l'ordre du ciel.*
.... Ses traits ſont épuiſés ſur ce malheureux
fils. Vivez, il vous pardonne. Au lieu que
dans Corneille le deſeſpoir d'Oedipe qui

eſt le ſujet de la piece la finit. Et dès que Jocaſte apprend de Phorbas qu'Oedipe eſt ſon fils & qu'elle a vêcu dans l'inceſte ; animée par l'exemple de ſon miniſtre, elle ne balance pas , ſe ſervant du même poignard dont Phorbas vient de ſe fraper, elle ſe le plonge dans le ſein , mais hors du théatre : & le Spectateur en eſt inſtruit par le récit d'une des femmes de cette Reine ; recit , à mon ſens , des plus beaux qu'on puiſſe voir, qui , rendant la choſe touchante & preſque préſente , épargne cependant au Spectateur l'horreur de voir donner le coup. Quelle différence de goût & de conduite entre ces deux Auteurs ! Malheur au ſiecle qui ne la ſent pas.

Nous avons vû nôtre Critique en impoſer ſans façon, enſuite déguiſer avec fineſſe : le voici maintenant qui enchérit & & fait d'une faute un crime d'habitude. *Dircé, dit-il, paſſe tout ſon tems à dire des injures à Oedipe & à ſa mere.* Il auroit pû ſe contenter de dire que Dircé perd le reſpect, ou même qu'elle inſulte ſa mere dans l'endroit qu'il cite ; car cela eſt vrai : mais cette Princeſſe ne parle pas toûjours de même, & ne paſſe pas tout ſon tems en de pareilles converſations ; elle joue bien d'autres rôles dans le cours de la piece : on n'a qu'à la lire pour en être convaincu.

J'ai eû raifon de dire ailleurs que M. de
Voltaire, nouveau Légiflateur, avoit établi deux différentes regles du bon & du
mauvais, l'une pour lui & l'autre pour
Corneille ; puifqu'il fait encore un procès à ce grand homme de ce que Jocafte n'eft pas préfente lorfqu'Oedipe apprend qu'il en eft le fils ; quoique dans fa
propre critique il ne fe le reproche pas à
lui-même, n'ayant pas fait, non plus que
Corneille, paroître Jocafte dans cette occafion. En cela je crois qu'ils ont eû raifon tous les deux ; car je ne vois pas qu'elle figure pouvoit faire là cette Reine avec
bienféance. Mais je crois qu'il s'en faut
de beaucoup qu'ils ayent également raifon
dans la fuite, & dans la maniere dont ils
la font inftruire de ce fait. Corneille a pris
le parti de mettre dans le cœur d'un vieil-
lards généreux, qui en avoit été la caufe
par fa pitié pour l'enfant, un jufte defefpoir ; de le faire aller aux pieds de la Reine s'accufer de fon manque de fidélité à
obéir, lui dire tous les malheurs qui s'en
étoient enfuivis en s'en déclarant feul
l'Auteur, & comme tel fe punir à fes yeux
par un coup de poignard. Ce qui, fixant
toutes les reflexions de la Reine & rap-
pellant à fon imagination toute l'horreur
de fon état, la plonge d'abord dans un
noir

noir filence fuivi fur le champ d'un noble
defefpoir; & fait qu'auffi-tôt la chofe apprife, elle ne differe pas à fe donner la
mort, trouvant à propos le poignard même
avec lequel Phorbas vient de fe la donner.
Cela eft grand & de main de Maître. Mais
M. de Voltaire, après que tout eft éclairci
à la troifième fcene, fait venir à la cinquième Jocafte fur le théatre fous le prétexte puéril qu'elle entend crier Oedipe,
& lui fait apprendre de la propre bouche de
ceRoi qu'elle en eft la mere & Laïus le pere,
chofe qui choque un peu la bienféance ;
enfuite au lieu d'un fier defefpoir il lui fait
jetter des plaintes, pouffer des gémiffemens
& appeller une fuivante à fon fecours,
comme feroit une femme du commun.
Egine, dit-elle, *arrache-moi de ce Palais horrible;*
fi tant de maux ont de quoi te toucher, aide-
moi, foûtiens-moi, prens pitié de ta Reine. Enfin
il la fait attendre là fur le théatre jufqu'à
ce que le grand Prêtre dans la fcene fuivante ait annoncé que le courroux des Dieux
eft appaifé, que la vie eft accordée aux
Thébains, & que le ciel, content de ce
qu'Oedipe s'eft frapé dans les yeux, a mis
fin à tous les maux, pour qu'elle fe frape
& fe tue en public fans qu'on puiffe, en
lifant la piece, deviner avec quelles armes;
car les femmes n'en portent point; & n'é-

tant accourue qu'aux cris d'Oedipe & non
pas exprès pour faire cette expédition, elle
ne devoit pas avoir eû la précaution de s'en
munir. Ainſi toute l'imagination du Lecteur ne peut rien ſuppléer, à moins qu'il
ne s'aviſe de penſer à un petit couteau
de poche. De plus, Madame Jocaſte n'eſt
pas en ce moment ſi fort occupée de ſon
deſeſpoir & de l'horreur de ſon état, que
la vanité, trouvant encore place dans le
cœur de cette Reine, ne lui laiſſe la liberté de prendre, en ſe tuant, les mêmes ſoins
qu'auroit une perſonne qui mourroit tran-
quillement dans ſon lit, & de recommander
aux Thébains *d'honorer ſon bucher.* Voilà
comment ces deux Auteurs traitent cet endroit. Que le Lecteur juge maintenant ſi
le nouveau a raiſon de blâmer l'ancien; &
ſi nous pouvons ſi fort applaudir à l'Oedipe
de M. de Voltaire juſqu'à l'élever au-deſſus
de celui de Corneille ſans encourir la honte
du mauvais goût.

J'avoue que ma patience eſt à bout quand
j'entens ce Critique dire de Jocaſte, *en un
mot c'eſt un perſonnage abſolument inutile qui ne
ſert qu'à raiſonner avec Théſee & à excuſer les
inſolences de ſa fille.* Eſt-elle un perſonnage
hors d'œuvre lorſqu'on parle du mariage
& de l'établiſſement de ſa fille ? Les meres
n'ont-elles aucun droit de parler dans ces

occafions, & n'y doivent-elles point figu-
rer ? A-t-elle tort d'approuver & de défendre le choix que fa fille a fait de Théfée ; & de préférer , comme elle, l'héritier
d'une couronne à un particulier, un Héros à un homme qui'n'a par devers lui aucun mérite éclatant ? Joue-t-elle un rô'e
abfolument inutile, lorfque, croyant avec
tout le monde que les Dieux demandent
le fang de fa fille , elle fait différer le facrifice, tâche de modérer la vertu hautaine de cette Princeffe , veut lui perfuader
de fauver fa vie, & lui fait entendre que
ni le Roi ni perfonne ne trouvera mauvais
que pour éviter la mort elle fe retire de
Thebes ? Eft-elle un perfonnage inutile
lorfqu'elle donne des lumieres fur ce qui
regarde le fils qu'elle a eû de Laïus ; & lorfqu'elle indique le miniftre à qui elle a donné ordre d'expofer cet enfant fur le mont
Cithéron? Fait-elle quelque chofe hors de
de propos & qui ne foit pas à fa place ,
lorfque , n'ayant pû infinuer à Dircé le
deffein de fe fauver de Thebes, elle tâche
d'en venir à bout par l'amant de cette
Princeffe , en lui reprochant adroitement
de ne favoir pas comment il faut fecourir
ce qu'on aime & le mettre hors de danger?
Cela eft-il d'un *perfonnage abfolument inutile*
ou d'une mere tendre & habile qui joue

fon rôle ? Ne fert-elle à rien , lorfque fes
converfations avec Oedipe & avec Théfée
inftruifent le Spectateur du bruit que l'un
a répandu , des foins que l'autre s'eft donnés pour fatisfaire fa curiofité , & de la
réponfe de l'Oracle ; lorfque , par le peu
de foi qu'elle ajoûte aux difcours de Théfée , elle le fait confronter avec Phorbas ,
& fait par-là découvrir le meurtrier de
Laïus ? Enfin ne dit-elle rien d'intéreffant
ni de touchant , lorfque Oedipe , étant reconnu pour être ce meurtrier , elle parle
comme une femme cruellement combattue
par les différens fentimens de haine & d'a-
mour qu'elle doit avoir pour Oedipe , comme étant tout à la fois & fon mari & le
meurtrier de Laïus ? En voici quelques-
uns.

Rien ne m'affranchira de voir fans ceffe en vous
Sans ceffe en un mari l'affaffin d'un époux.
Puis-je plaindre à ce mort la lumiere ravie
Sans hair le vivant ? . . . . .
Puis-je de ce vivant plaindre l'aveugle fort
. . . . . .   fans trahir le mort ?

✳

Ah , Seigneur , quelque bras qui puiffe vous punir,
Il n'effacera rien dedans mon fouvenir :
Je vous verrai toûjours fa couronne à la tête ,

De fa place en mon lit faire vôtre conquête :
Je me verrai toûjours vous placer en fon rang,
Et baifer vôtre main fumante de fon fang.
Mon ombre même un jour dans les royaumes fom-
     bres,
Ne recevant des Dieux pour Bourreaux que vos
     ombres,
Elle aura pour tourment tout ce qui fit mes feux.

❋

La veuve de Laïus eft toûjours vôtre femme,
Et n'oppofe que trop, pour vous juftifier,
A la moitié du mort celle du meurtrier.

❋

Mais hélas, mon devoir aux deux partis m'atta-
     che,
Nul efpoir d'aucun deux, nul effort ne m'arrache;
Et je trouve toûjours dans mon efprit confus
Et tout ce que je fuis, & tout ce que je fus,
Je vous dois de l'amour, je vous dois de la haine ;
Et mon cœur, qui dois tout & ne vois rien per-
     mis,
Soufre tout à la fois deux tyrans ennemis.

❋

Pour finir des maux qu'on ne peut foulager,
C'eft vôtre foudre ; ô ciel, qu'à mon fecours j'ap-
     pelle.

Oedipe eſt innocent. . . . . .
. . . . .   oſez me déſunir
De la néceſſité d'aimer & de punir.

*

Qu'il s'en faut bien que **M. de Voltaire**, dans la pareille circonſtance, ait fait dire à Jocaſte des choſes ſi touchantes! Après un *helas* interrompu , qui marque plûtôt une ſtérilité de ſentimens qu'un excès de douleur ; elle n'ouvre la bouche que pour excuſer Oedipe , qui veut ſe punir de ce meurtre: & ſans faire aucun retour ſur Laïus ni lui donner la moindre plainte , elle dit

Vivez, vivez ; c'eſt moi qui vous en preſſe :

Vous êtes malheureux & non pas criminel :

Vous ignoriez quel ſang vos mains alloient répan-
    dre ,

Et ſans trop rappeler cet affreux ſouvenir ,

Je ne puis que me plaindre & non pas vous pu-
    nir :

Vivez. . . . .

Voilà toute la façon qu'elle fait , en ſe voyant l'épouſe de l'aſſaſſin de ſon mari. C'eſt Oedipe qui jette ici les hauts cris , comme s'il avoit le plus perdu. Je connois bien des gens dans nôtre ſiecle qui ne ſe-

roient pas ſi fâchés d'avoir tué , dans un
combat innocent , un mari , ſi cela les
avoit mis en état de poſſeder avec la femme une couronne , comme il eſt arrivé à
Oedipe. On me dira qu'il y a auſſi des femmes qui ne pleurent guere leurs maris ; &
qui n'auroient aucune peine d'en avoir
épouſé les aſſaſſins ; que c'eſt le modele
que l'Auteur s'eſt propoſé : je ne diſpute
pas cela ; mais je le donne à ſes Apologi-
ſtes pour en faire une preuve de la fineſſe
de ſon goût & de la bonté de ſon diſcernement. Et pour faire la comparaiſon entiere de la Jocaſte de M. de Voltaire avec
celle de Corneille ; j'ajoûte que celle-là
eſt par tout un perſonnage moins utile &
moins touchant ; quoique l'Auteur , ne
croyant pas que les malheurs communs
qu'elle avoit à partager avec Oedipe fuſſent
ſuffiſans pour en rendre le rôle intéreſſant,
ait encore mis l'amour de la partie , épi-
ſode auſſi mal choiſi , à mon ſens & au
ſens de tout le monde, que mal exécuté.
Qui peut avec tant ſoit peu de goût voir
Jocaſte Reine d'un peuple mourant, femme d'un ſecond mari , ayant à vanger la
mort du premier , à partager les malheurs
du ſecond , à ſentir vivement les ſiens propres , & devant ſe trouver mere de ſon
mari , épouſe de ſon fils, occaſion du meur-

tre de Laïus ; qui peut , dis-je, voir & approuver que cette Reine foit encore amoureufe en dépit de toutes ces horreurs , qui,
par le fujet de la piece , doivent l'occuper toute entiere & former feuls le véritable caractere qui lui convient ? Cependant avec toute la charge de tant de paf-
fions , que le nouvel Auteur lui a mife
fur le corps , il n'en a fait qu'un froid perfonnage , qu'on ne fauroit mieux peindre
qu'avec les couleurs dont il a barbouillé
celui de Corneille : c'eft-à-dire , en excep-
tant les indications qu'elle donne pour découvrir le meurtrier de Laïus, *un perfonnage abfolument inutile qui ne fert qu'à raifonner,*
quelquefois affez mal , avec la confidente
ou avec Philoctete.

Du rôle de Jocafte on paffe à celui
d'Oedipe. On le blâme de vouloir marier
une de fes filles avant que de s'attendrir
fur les maux des Thébains : & l'on infinue
en même tems que Théfée ne devoit pas
non plus écouter fa paffion dans ces occur-
rences. Si renvoyer le trait étoit une preuve qu'il eft mal lancé , il n'y auroit qu'à
jetter aux yeux du Critique fa Jocafte &
fon Philoctete : mais il faut donner des
raifons. Premierement il n'eft pas vrai qu'-
Oedipe veuille ce mariage avant de s'attendrir ; mais il en parle quoiqu'il foit at-

tendri ; & dans le même moment il témoigne ces tendres sentimens sur les maux de son peuple; il commence même par-là, *au milieu des malheurs que le ciel nous envoye, dit-il, Prince, nous croiriez-vous capables d'une joye, &c.* Le mariage ne va donc pas devant les attendrissemens, ni même devant les soins qu'il étoit juste de donner à ces malheurs ; puisqu'Oedipe au même instant déclare que pour y apporter du remede il a député à Delphe, dont il attend réponse à l'heure même : il avoit donc encore plus fait que de s'attendrir. Secondement par quelle regle de Théatre Oedipe devoit-il témoigner qu'il fût attendri avant que de parler à un Prince étranger , qui se trouve à sa Cour , du mariage de sa fille ? Ne doit - on pas supposer qu'il l'est sans qu'il le témoigne ? Et les maladies populaires empêchent-elles les Princes de penser aux affaires particulieres ? Oh que la politique & l'esprit de gouvernement en font bien d'autres gens que des pleureux? Si les maux publics les touchent & même les attendrissent ; ils ne leur ôtent point la liberté d'avoir des vûes, de former des desseins, & d'en procurer le succès : une tête à une seule affaire n'est pas une tête d'Etat. Mais *il faloit*, répond le Critique, *dire au premier acte quelque chose du sujet de la piece* ; c'eſt - à - dire des maux que la peſte cauſoit. Qu'a donc fait la converſation de Théſée & de Dircé dans la premiere ſcene ? N'en expoſe t-elle pas d'abord tous les ravages ; comme M. de Voltaire l'a fait par la converſation de Dimas & de Philoctete, avec cette différence que ce ſont chez lui deux hommes de connoiſſance qui s'entretiennent, & que c'eſt ici un amant & une maîtreſſe que l'amour fait parler ; ce qui rend la ſcene plus intéreſſante.

M. de Voltaire ne trouve pas qu'Oedipe ait aucun fondement de croire que les meurtriers de Laïus ſoient des brigands ; ſans doute parceque ſon eſprit & ſes yeux trop élevés n'ont pas pû creuſer juſqu'à ce fondement, ſi bien établi par Corneille, & mis en aſſez d'évidence pour que des gens qui regardent ce qui eſt devant eux le puiſſent appercevoir. Le narré que Jocaſte avoit fait à Oedipe de la mort de Laïus ſur le rapport du témoin qui y avoit été préſent eſt ce fondement. Ne croit-on pas ſur les faits qu'on ignore ce qu'un honnête homme en dit ? Et le récit d'une Reine eſt-il ſi mépriſable, qu'il ne puiſſe être une raiſon de croire ? Mais le Critique ajoûte qu'Oedipe, avouant après qu'il les avoit combattus pour diſputer un paſſage, il ne devoit pas les prendre pour des voleurs ; pourquoi non ? puiſqu'on lui avoit dit qu'ils l'étoient. Si ne vouloir pas reculer dans un paſſage n'eſt pas une preuve qu'on ſoit voleur, ce n'en eſt pas une non plus qu'on ne le ſoit pas. On peut rencontrer à la campagne dans un chemin étroit des voleurs comme d'honnêtes gens, & les vouloir d'abord faire reculer ſans attendre qu'ils nous faſſent leurs propoſitions. Ainſi le ridicule qu'on veut appliquer à cet endroit, en diſant que des voleurs ne diſputent pas *le haut du pavé*, retombe ſur le mocqueur, & ne ſert qu'à faire connoître en lui une vaine préſomption de vouloir lui-même prendre ſur Corneille le *haut du pavé*. Mais qu'il ne s'y trompe pas ; il y a encore bien du chemin entre eux. Qu'il voye donc, ſi ces Remarques ſont capables de lui ouvrir les yeux, que quoiqu'-Oedipe n'ait pas combattu pour défendre ſa bourſe, cela n'empêche pas qu'il ne puiſſe croire que ceux qu'il a combattus ſont des voleurs, quand il en a d'ailleurs des preuves. Ce combat n'eſt pas le fondement de ſa croyance ſur cet article: c'eſt, avec le rapport de Phorbas, le récit de la Reine joint aux circonſtances de la rencontre.

Je m'étonne que ces circonſtances n'ayent pas empêché nôtre Critique de traiter de *gigantefque* l'action d'Oedipe dans ce combat. Un Philoctete qui terraſſe les monſtres les plus terribles, qui punit avec ſes deux bras & un trouſſeau de flèches cent tyrans, eſt chez lui dans l'ordre de la vraiſemblance : & il veut qu'un homme qui ſe bat ſeul contre trois en tue deux & bleſſe l'autre dans un paſſage étroit, qu'il faut diſputer, où le nombre n'eſt d'aucun ſecours ; il veut, dis-je, que cela ſoit gi-gantefque. On voit quelquefois à Paris des breteurs en faire davantage.

Enfin voici une critique faite en ter-mes modeſtes ; auſſi eſt - elle juſte & ap-puyée de bonnes raiſons. C'eſt de l'en-droit où Oedipe, dépeignant ceux qu'il a tués, dit de l'un d'eux, qui étoit juſtement Laïus,

On en peut voir en moi la taille & les traits

M. de Voltaire a eû très grande raiſon de dire que *ce n'étoit point à Oedipe à parler de cette reſſemblance, mais à Jocaſte, qui, ayant vécu avec l'un & avec l'autre, pouvoit en être mieux informée qu'Oedipe, qui n'a jamais vû Laïus qu'un moment en ſa vie.* S'il avoit ſi bien rencontré par tout les fautes de Cor-neille, je ne m'occuperois pas maintenant à relever les ſiennes. Mais il trouve ſi ra-rement le défaut de la cuiraſſe, qu'il ſem-

ble qu'il y ait ici plus de hasard que d'a-
dresse. En effet la sûre critique fait appercevoir la même faute par tout où elle se
trouve. Si M. de Voltaire avoit ce talent,
il auroit dû voir chez lui ce qu'il blâme
avec justice dans Corneille ; relever également sa faute dans sa propre critique , &
nous dire que Laïus, n'ayant jamais vû son
fils qu'au moment de la naissance , il ne
pouvoit pas vrai-semblablement le reconnoître dans un âge viril ; qu'il ne devoit
pas en observer le visage , lui tendre les
bras, vouloir lui parler , laisser enfin cou-
ler des larmes de ses yeux , lorsque ces yeux
étoient expirans & ne pouvoient le regarder que comme l'ennemi qui venoient de
les éteindre & de lui donner le coup de
la mort. Quelle apparence de reconnoître
après la chaleur du combat un fils qu'on
n'a point reconnu avant ? Il n'en est pas
de l'épée d'un ennemi comme de la lan-
cette d'un chirurgien. Si celle-ci donne
quelquefois à un malade la connoissance
qu'il avoit perdûe , celle-là n'inspire point
de miraculeuses lumieres à ceux qu'elle
frape. Ainsi Laïus étendu sur la poussiere
ne devoit pas être plus éclairé que Laius
encore sur ses pieds. Et c'étoit assez de
donner seulement à Oedipe, dans cette occasion , quelques sentimens confus de ten-

dreſſe & de repentir cauſés par l'inſtinct
de la nature & par la ſimpathie du ſang.

Quant au menſonge de Phorbas ; c'eſt à
la vérité un bien petit artifice, mais qui
ſert à un grand jeu : & c'eſt ſans doute par
cette raiſon que l'homme d'eſprit , dont
parle M. de Voltaire, l'a trouvé ſi beau,
comme il l'eſt effectivement à le regarder
par ce jour-là. Au reſte s'il y a du petit,
il n'y a pas tout-à-fait du puéril. C'eſt une
excuſe que peut aſſez naturellement faire
inventer la crainte des reproches qu'une
famille, une cour, & tout un peuple de-
voient lui faire d'avoir laiſſé tuer ſon Roi.

Puiſque M. de Voltaire n'a pas ſû lire
Corneille , & qu'il demande de quelle im-
portance étoient pour Oedipe les ſourdes
trames de Dircé & les prétentions de cette Princeſſe ſur une couronne à laquelle il
veut renoncer ; je lui répons premierement que , cela n'étant pas encore fait , Oedipe pouvoit changer & prendre d'autres
reſolutions, le ſceptre étant choſe qu'on
ne quitte pas ordinairement ſans y penſer
à deux fois. Secondement qu'il y alloit encore de ſa gloire : s'il vouloit bien avoir
l'honneur de renoncer de lui - même au
trône , il ne vouloit pas avoir la honte
d'en être chaſſé ; *Ce n'eſt pas au peuple* , dit-
il , *à ſe faire juſtice ; pour chercher mon repos*

je veus bien me bannir ; mais s'il me bannif-
foit je faurois l'en punir. Cette raifon eft affez forte pour un Prince qui a tant foit
peu de cœur. L'autorité eft quelque chofe
de délicat , dont la poffeffion eft toûjours
accompagné de jaloufie. On veut en faire
ufage même en y renonçant. Si ce n'eft
rien pour un faifeur de vers , c'eft beaucoup pour un Roi. Corneille a connu ces
fentimens , & il les a mis à leur place.
C'eft pour cela que Corneille eft avec juftice, comme les grands Princes, au rang
des grands hommes , ayant fu connoître &
exprimer ce que ceux-ci ont fû & dû fentir.

Si M. de Voltaire étoit parvenu à ce
mérite, il auroit fenti que la derniere avanture d'Oedipe n'eft pas une de ces nouvelles qui demandent qu'on dépèche promtement des couriers. On ne fait que trop
tôt ce qui doit nous jetter dans l'horreur
& dans le defefpoir. De plus, il auroit ju-
gé que Jocafte pouvoit en être inftruite
par un autre qu'Oedipe ; & il auroit vû
qu'elle l'eft en effet par Phorbas , tandis
que le Roi ne fait que ce qu'il doit , lorfqu'il donne quelque retour à fa fœur & à
Théfée , avec qui il n'avoit pas toûjours
été d'accord ; & que , parlant en homme
qui fe prépare à facrifier fa vie aux man-

nes de Laïus, il commence à leur faire son
adieu éternel par des discours également
pleins de confiance, de tendresse, & de
générofité. Nôtre Critique donc au lieu de
faire la plus grande de toutes les bévûes,
en difant que Dircé & Théfée font deux
étrangers pour Oedipe, après que ce Prince eft reconnu pour être fils de Laïus &
frere de Dircé ; & au lieu de trouver
mauvais que ce Roi parle à fa fœur & à
Théfée *tandis que Jocafte fa femme & fa mere,
dit-il, ne fait encore rien de fon avanture;* au
lieu, dis-je, de faire des bévûes & des
reproches mal fondés; il auroit beaucoup
mieux fait de faire tomber fa critique fur
ces dernieres paroles d'Oedipe

> Laiffez-moi feul en confoler la Reine,
>
> Et ne m'enviez pas un fecret entretien
>
> Pour affermir fon cœur fur l'exemple du mien.

Ce n'étoit point le métier de confolateur
qu'Oedipe avoit à faire en cette occafion.
Et le fujet n'eft pas fûrement une matiere
à entretien pour lui ni pour Jocafte. C'eft
pourtant ce que M. de Voltaire auroit
approuvé, puifqu'il trouve étrange qu'Oedipe ne coure pas en entretenir la Reine:
la qualité de mere & d'époufe tout à la
fois lui en paroît une bonne raifon : à
d'autres

d'autres cela paroît tout différemment : chacun a ſes yeux. Jugez , Lecteur ; qui les a meilleurs.

Voilà tout ce que M. de Voltaire a ju‑gé à propos de critiquer dans l'Oedipe de Corneille. Pour moi , ſans vouloir entrer dans le détail des fautes qui ont échapé à ce grand homme , je finis mes Remar‑ques par ce paralelle des deux Oedipes, que je crois aſſez juſte.

La piece de Corneille n'eſt point par‑faite ; mais elle eſt aſſez bonne pour faire ſentir qu'elle part d'un grand Ouvrier. Celle de M. de Voltaire n'eſt pas abſolu‑ment bonne ; mais elle paroît être l'ou‑vrage d'un homme capable de faire quel‑que choſe d'excellent

Dans l'une tout eſt mieux conduit ; on y connoît la main d'un habile Maître. Dans l'autre on parle mieux ; on y ſent la main d'un heureux Apprentif.

Il ſe trouve dans la premiere un plus grand nombre de beaux ſentimens & de penſées ſpirituelles. Mais la derniere brille davantage par la beauté du ſtile & de la verſification.

La réflexion fait goûter davantage la piece de Corneille ; plus on la lit avec at‑tention plus on y découvre de beautés ; que la mauvaiſe parure avoit d'abord dé‑

G

figurées à nos yeux. La pièce de M. de
Voltaire fait son plus grand effet au premier coup d'œil ; plus on la lit plus on y
remarque de défauts, que nos yeux éblouis
par les brillantes couleurs de la poësie n'a-
voient pas d'abord apperçûs.

De sorte que je comparerois ces deux
Tragédies à deux Dames ; dont l'une au-
roït une vraie beauté obscurcie par un
teint bazané ; & l'autre des traits irrégu-
liers couverts & presque cachés par l'éclat
d'un teint vif & brillant.

Pour ce qui regarde la critique que M.
de Voltaire a faite de son propre ouvrage ; celle-ci & d'autres qui ont parû sup-
pléeront à une partie de ce qui y manque:
& le discernement du Lecteur suppléera
aux unes & aux autres. Je n'ai point re-
proché au nouvel Auteur les vers qu'on
trouve ailleurs que chez lui ; parcequ'outre qu'ils peuvent être également son bien
comme celui d'autrui , & qu'on m'a dit
qu'un autre avoit pris ce soin-là ; je ne
crois pas que ce soit un grand crime aux
Auteurs de pieces de Théatre de se servir
de quelques vers d'autrui. Je les regarde,
s'il m'est permis de faire cette comparai-
son , à peu près comme les Horlogers ;
dont le principal mérite ne consiste pas à
fabriquer eux-mêmes tout ce qui entre

dans la ſtructure des montres & des hor-
loges, mais à ſi bien choiſir ce que d'autres ont travaillé que toutes les pieces
en ſoient bonnes , & à les conſtruire enſemble avec tout l'art & toute la juſteſſe
neceſſaire pour que le tout aille de la façon dont il doit aller. Ainſi quelque pilla-
ge de vers qu'on trouve dans une Tragédie, cela n'empéche pas qu'on ne ſoit du-
moins Auteur de la piece ſi l'on ne l'eſt des
vers.

A toutes ces lettres M. de Voltaire en
a ajoûté dans la ſeconde édition une ſep-
tième par forme de réponſe à ſes Critiques. Elle eſt une preuve aſſez manifeſte
qu'il n'eſt guere diſpoſé à entendre raiſon
ſur le caractere de ſon Philoctete; qu'il l'a
travaillé par ſentiment & d'après un mo-
dèle qui né lui eſt pas étranger. *Voilà bien
des ennemis*, dit-il en parlant de ceux qui
critiquent ſa piece, *mais je ſouhaite donner
bien-tôt une Tragédie qui m'en attire encore davantage.* Il devoit ajoûter pour remplir ſon
caractere : *un homme tel que moi* ne craint
rien , & ne s'embaraſſe guere de *l'exacte
équité* d'un Critique ; *on doit croire ſur la foi
de mon nom* que j'ai réuſſi & que je réuſſi-
rai toûjours de-même. Si cela arrive, adieu
Héros de la Grece & de Rome, adieu Chi-
mene , adieu Phedre, Laodice, Androma-

que, & toutes vos illuſtres compagnes. Le
Théatre *reprenant*, dit-on, *ſon éclat* vous
négligera & vous oubliera inſenſiblement.
Le Public ſe divertira à y voir à vôtre place des pourfendeurs de Géants, des dé-
barqués de la Garonne, des Jocaſtes amou-
reuſes, des perſonnages en un mot *tels
qu'eux* & non tels que vous. Quelque beau
que cela doive être; je ne peus cependant
m'empêcher de vous pleurer : ſoit goût,
ſoit habitude, vous aviez mon cœur. Et je
fais des vœux pour que le nouvel Auteur,
loin de s'attirer par ſes ouvrages à venir
la cenſure des Critiques, mérite les applau-
diſſemens des plus éclairés & des plus délicats : qu'il rempliſſe la prophétie de ſon
Approbateur, l'attente du Public & la
mienne, en devenant, par l'imitation du
beau & par l'attention à éviter le défectueux, un digne ſucceſſeur de Corneille &
de Racine. Alors les Critiques diſparoîtront;
& s'il a des ennemis, ils ne ſerviront qu'à
honorer ſon triomphe.

Afin de ne rien négliger de ce qui peut
ſatisfaire le Lecteur ſur ce qui regarde les
deux Oedipes françois, j'ajoûte à ces Remarques un recueuil des plus beaux endroits de l'un & de l'autre. Je commence
par le nouveau.

LES
PLUS BEAUX ENDROITS
DE
L'ŒDIPE
DE M. DE VOLTAIRE.

Mais, Oedipe, héritier du sceptre de Corinte,
Vint, vit ce monstre affreux, l'entendit & fut Roi. *Act. 1. Sc. 1.*

L'amour nous unissoit : & cet amour si doux *Ibid.*
Etoit né dans l'enfance & croissoit avec nous.

Le tems qui détruit tout augmentoit mon amour. *Ibid.*

Cent tyrans punis, cent monstres terrassés *Ibid.*
Suffisent à ma gloire & m'excusent assez.

Mais un Roi n'est qu'un homme en ce commun *Act. 1. Sc. 1.*
danger ;
Et tout ce qu'il peut faire est de le partager.

Giij

꘎.

Ibid. Tel eſt ſouvent le ſort des plus juſtes des Rois ;
Tant qu'ils ſont ſur la terre on reſpecte leurs loix,
On porte juſqu'aux cieux leur juſtice ſupreme,
Adorés de leur peuple ils ſont des Dieux eux-mê-
  me ;
Mais après leur trépas que ſont-ils à vos yeux ?
Vous éteignez l'encens que vous brûliez pour eux;
Et comme à l'interêt l'ame humaine eſt liée,
La vertu qui n'eſt plus eſt bientôt oubliée.

꘎

Ibid. Peutêtre accompliſſant ſes decrets éternels,
Afin de nous punir il nous fit criminels.

꘎

Ibid. Tout l'empire en ſecret étoit ſon ennemi ;
Il étoit trop puiſſant pour n'être point haï ;
Et du peuple & des grands la colere inſenſée
Brûloit de le punir de ſa faveur paſſée.

꘎

Act.2.Sc. La jeuneſſe imprudente aiſément ſe trahit.
1.

꘎

Ibid. Quand le ciel lui parle il n'écoute plus rien.

꘎

Act.2.Sc. La vertu ſevere en de ſi durs combats
2. Reſiſte aux paſſions & ne les détruit pas.

꘎

Act 2.Sc. Ses exploits, ſes vertus & ſur tout vôtre choix
3. Ont mis cet heureux Prince au rang des plus grands
   Rois.

Etre utile aux mortels & fauver cet empire   *Act* 1. *Sc.*
Voilà, Seigneur, voilà l'honneur feul où j'afpire.   4.

Si le ciel m'eut laiffé le choix de la victime,   *Ibid.*
Je n'aurois immolé de victime que moi.
Mourir pour fon pays c'eft le devoir d'un Roi.

Seigneur, qui les punit ne les imite pas.   *Ibid.*

Si ce fer chez les morts eût fait tomber Laïus,   *Ibid.*
Ce n'eût été pour moi qu'un triomphe de plus :
Un Roi pour fes fujets eft un Dieu qu'on revere ;
Pour Hercule & pour moi c'eft un homme ordinaire.
J'ai défendu des Rois ; & vous devez fonger
Que j'ai pû les combattre ayant pû les vanger.

J'ai fait des fouverains & n'ai point voulu l'être.   *Ibid.*

Dans le cœur des humains les Rois ne peuvent lire :   *Act* 1. *Sc.*
Souvent fur l'innocent ils font tomber leurs coups :   5.
Et nous fommes, Hydafpe, injuftes malgré nous.

Ne nous endormons point fur la foi de leurs prêtres ;   *Ibid.*
Au pieds du fanctuaire il eft fouvent des traîtres.
Ne nous fions qu'à nous ; voyons tout par nos
      yeux ;
Ce font-là nos Trépieds, nos Oracles & nos Dieux.

G iiij

Crois tu qu'une Princesse
Puisse jamais cacher sa haine ou sa tendresse ?
Des courtisans sur nous les inquiets regards
Avec avidité tombent de toutes parts.
A travers les respects leurs trompeuses souplesses
Pénétrent dans nos cœurs & cherchent nos foi-
    blesses.
A leur malignité rien n'échape & ne fuit ;
Un seul mot, un regard, un coup d'œil nous tra-
    hit.

Act. 3. Sc. 1.

Préférez comme moi mon honneur à ma vie ;
Commandez que je meure & non pas que je fuie ;

Act. 3. Sc. 2

Vôtre vertu dément la voix qui vous accuse.

Act. 3. Sc. 4.

Un Pontife est souvent terrible aux souverains
Et dans son zele aveugle un peuple opiniâtre,
De ses liens sacrés imbécile idolâtre,
Foulant par piété les plus saintes des loix,
Croit honorer les Dieux en trahissant ses Rois.

Act. 3. Sc. 5.

Comme il étoit sans crainte, il marchoit sans dé-
    fense :
Par l'amour de son peuple il se croyoit gardé.

Act. 4. Sc. 1.

Nos Prêtres ne sont point ce qu'un vain peuple
    pense :

Ibid.

Nôtre crédulité fait toute leur fcience.

Quelle fureur hélas de vouloir arracher   *Ibid.*
Des fecrets que le fort a voulu nous cacher.

Ma fuite à vos malheurs affure un promt fecours;   *Act. 5. Sc.*
En perdant vôtre Roi, vous confervez vos jours.   1.
J'ai fauvé cet empire en arrivant au trône :
J'en defcendrai du moins comme j'y fuis monté;
Ma gloire me fuivra dans mon adverfité.

LES PLUS BEAUX ENDROITS
de l'Oedipe de Corneille.

LA gloire d'obéir n'a rien qui me foit doux,   *Act. 1. Sc.*
Lorfque vous m'ordonnez de m'éloigner de   1.
vous.

. : d'un fi grand péril l'image s'offre en vain,   *Ibid.*
Quand ce péril douteux épargne un mal certain.

. . . quand l'amour tient une ame allarmée,   *Ibid.*
Il l'attache aux périls de la perfonne aimée.

Soufrez donc que l'amour me faffe même loi;   *Ibid.*
Que je tremble pour vous quand vous tremblez
pour moi :

Et ne m'impotez pas cette indigne foiblesse,
De craindre autres périls que ceux de ma Princesse,

Ibid. Il faut qu'en vos pareils les belles passions
Ne soient que l'ornement des grandes actions,

. . . .

Et quelque defespoir que leur caufe un trépas,
La vertu feule a droit de faire agir leur bras.

Ibid. . . . vos yeux combattrent vos maximes :
Si j'en crois leur pouvoir vos conseils font des crimes.

Act. 1. Sc. Vous n'avez qu'à parler, vos vœux font exaucés :
2. Nommez ce cher objet, grand Prince, & c'eſt aſſez.
Un gendre tel que vous m'eſt plus qu'un nouveau
trône :
Et vous pouvez choifir d'Ifmene ou d'Antigone ;
Car je n'ofe penfer que le fils d'un grand Roi
Un fi fameux Héros aime ailleurs que chez moi.

Ibid. Où le cœur eſt pris on charme en vain les yeux ;
Si vous avez aimé vous avez fù connoître
Que l'amour de fon choix veut être le feul maître ;
Que s'il ne choifit pas toûjours le plus parfait,
Il attache du moins les cœurs au choix qu'il fait ;
Et qu'entre cent beautés dignes de nôtre hommage
Celle qu'il nous choifit plait toûjours davantage.

Ibid. La parole des Rois doit être inviolable.

Les Rois ne ſont pas eſclaves de leur voix :
Le plus puiſſant Roi doit quelque choſe aux Rois :
Retirer ſa parole à leur juſte priere
C'eſt honorer en eux ſon propre caractere.

Aux grands périls le ſalaire enhardit.

Act. 1. ſc.
3.

L'occaſion qui flate anime l'eſperance.

Ibid.

On a peu d'éclat auprés d'une perſonne
Qui joint à de hauts faits celui d'une couronne.

Act. 1. ſc.
4.

J'ai tout mis en uſage auprès de la Princeſſe,
Conſeil, autorité, reproche, amour, tendreſſe ;
J'en ai tiré des pleurs, arraché des ſoupirs ;
Et n'ai pû de ſon cœur ébranler les deſirs.

Ibid.

Les ames . . . . . au trône deſtinées
Ne doivent aux parents que les jeunes années.

Ibid.

C'eſt loin de ſes parents qu'un homme apprend à
vivre.

Ibid.

Je ſuis Reine, Seigneur, mais je ſuis mere auſſi ;
Aux miens comme à l'état je dois quelque ſouci.

Ibid.

Ibid.   Pour les plus grands cœurs c'eſt aſſez d'un empire.

Aɛ.2.Sc.   Le dernier beſoin peut faire un Roi ſans crime.
1.

Ibid.   Qui ne craint point la mort ne craint point les tyrans.

Aɛ. 2 Sc.   Nous ne ſavons pas bien comme agit l'autre monde:
2.   Il n'eſt point d'œil perçant dans cette nuit profonde.
Et quand les Dieux vangeurs laiſſent tomber leur
bras,
Il tombe aſſez ſouvent ſur qui n'y penſe pas.

Ibid.   Si j'ai part au courroux, je n'en veus pas au crime.

Aɛ. 2. Sc.   Admire peuple ingrat qui m'a deshéritée
3.   Quelle vengeance en prend ta Princeſſe irritée;
Et connois dans la fin de tes longs déplaiſirs
Ta Véritable Reine à ſes derniers ſoupirs.
Vois comme à tes malheurs je ſuis toute aſſervie;
L'un m'a couté mon trône & l'autre veut ma vie.
Tu t'es ſauvé du Sphinx aux dépens de mon rang;
Sauve-toi de la peſte aux dépens de mon ſang.

Ibid.   Mégare, tu fais mal ce que l'on doit aux Rois;
Un ſang ſi précieux ne ſauroit ſe répandre
Qu'à l'innocente cauſe on n'ait droit de s'en prendre.

Et de quelque façon qu'on finiſſe leur ſort,
on n'eſt pas innocent quand on cauſe leur mort.

Je viens prendre de vous l'ordre qu'il me faut ſui-
    vre,
Mourir s'il faut mourir, & vivre s'il faut vivre,

              Qu'allez-vous faire ?

Finir les maux publics, obéir à mon pere,
Sauver tous mes ſujets. . . . . .
Le ciel offre à mon bras par où me ſignaler :
S'il ne ſait pas combattre il ſaura m'immoler.

J'ai fait trembler par tout & devant vous je trem-
    ble :
L'Amant & le Héros s'accordent mal enſemble,
Mais enfin après vous tous deux veulent courir :
Le Héros ne peut vivre où l'Amant doit mourir.
La fermeté de l'un par l'autre eſt épuiſée :
Et ſi Dircé n'eſt plus, il n'eſt plus de Théſée.

      A vôtre aſpect je ne fais plus qu'aimer.

Vôtre bras de la Grece eſt le plus ferme appui ;
Vivez pour le Public comme je meurs pour lui.

Ai-je rien à ſauver, rien à perdre que vous ?

Mais, Seigneur, je vous ſauve en courant au trépaſſ

.Et mourant avec moi vous ne me fauvez pas.

La gloire de ma mort n'en deviendra pas moindre ;
Si ce n'eft vous fauver, ce fera vous rejoindre.

Ibid.   Prince, il eft tems de fuir quand on fe défend mal.

Ibid,   Le véritable amour ne prend loi de perfonne.

Act. 3. Sc.
1.
      L'Honneur en Monarque abfolu
      Soûtient ce qu'il a refolu :
Il eft beau de mourir pour en fuivre les loix ;
      Mais il eft affez doux de vivre,
      Quand l'amour a fait un beau choix.

Ibid.   Prince, que j'ai peine à quiter

. . . .

Accepte ce foible retour.

. . . .

Sur les bords de la tombe où tu me vois courir,
      Je crains les maux que je te laiffe,
      Quand je fais gloire de mourir.

      J'en fais gloire, mais je me cache
      Un comble affreux de déplaifirs :
      Je fais taire tous mes defirs :
      Mon cœur à moi-même s'arrache.
      Cher Prince, dans un tel aveu,
      Si tu peus voir quel eft mon feu ;
      Vois combien il fe violente.
Je meurs l'efprit content ; l'honneur m'en fait la loi :

Mais j'aurois vêcu plus contente,
Si j'avois pû vivre pour toi.

🙰

Ma fille, il est toûjours assez tôt de mourir. *Act 3. sc.*
                                                        2.

Madame, il n'est jamais trop tôt de secourir.

. . . .
J'assassine tous ceux que la peste surprend.

🙰

        L'amour est un doux maître ; *Ibid.*
Et quand son choix est beau, son ardeur doit paroître.

🙰

Le sang du grand Laïus, duquel je suis formée, *Ibid.*
Trouve bien qu'il est doux d'aimer & d'être aimée :
Mais il ne peut trouver qu'on soit digne du jour
Quand aux soins de sa gloire on préfere l'amour.

🙰

Vous n'étiez qu'un enfant,   *Ibid.*

        J'avois déjà des jeux,
Et sentois dans mon cœur le sang de mes ayeux.

🙰

Le trône a d'autres droits que ceux de la nature. *Ibid.*

🙰

Ce que n'a pû l'amour rien ne doit l'obtenir. *Ibid.*

🙰

Quoi ! l'ame est toute esclave ! une loi souveraine *Act. 3. sc.*
                                                             5.

Vers le bien ou le mal inceſſamment l'entraîne !
Et nous ne recevons ni crainte ni deſirs
De cette liberté qui n'a rien à choiſir !
Attachés ſans relache à cet ordre ſublime,
Vertueux ſans mérite & vicieux ſans crime,
Qu'on maſſacre les Rois, qu'on briſe les autels,
C'eſt la faute des Dieux & non pas des mortels !
De toute la vertu ſur la terre épandue
Tout le prix à ces Dieux toute la gloire eſt dûe !
Ils agiſſent en nous quand nous penſons agir !
Alors qu'on délibere on ne fait qu'obéir !
Et nôtre volonté n'aime, hait, cherche, évite
Que ſuivant que d'en haut leur bras la précipite !
D'un tel aveuglement daignez me diſpenſer.
Le ciel juſte à punir, juſte à recompenſer,
Pour rendre aux actions leur peine ou leur ſalaire,
Doit nous offrir ſon aide & puis nous laiſſer faire,
N'enfonçons toutefois ni vôtre œil ni le mien
Dans ce profond abîme où nous ne voyons rien.

Ibid.   On n'a que trop d'exemples
Qu'il eſt ainſi qu'ailleurs des méchans dans les tem‑
ples.

Ibid.   J'en ai trop punis pour en croître le nombre.

Act. 4. Sc.   Le ciel choiſit ſouvent de ſecrettes conduites,
3.   Qu'on ne peut démêler qu'après de longues ſuites.

Ibid.   J'ai mêmes yeux encore & vous mêmes appas ;
Si mon ſort eſt douteux mon ſouhait ne l'eſt pas.
Puiſque

Puifque le ciel vous force, il vous rend excufable.   *Ibid.*

L'amour pour les fens eſt un ſi doux poifon,
Qu'on ne peut pas toûjours écouter la raifon.   *Ibid.*

Rien ne peût déplaire alors qu'on eſt aimé.   *Ibid.*

Jamais fans forfait on ne s'en prend aux Rois :
Et fuſſent-ils cachés fous un habit champêtre,
Leur propre majeſté les doit faire connoître.   *Act. 4. Sc. 2.*

La veuve de Laïus eſt toûjours vôtre femme ;
Et n'oppofe que trop, pour vous juſtifier,
A la moitié du mort celle du meurtrier.
Pour toute autre que moi vôtre erreur eſt fans crime ;
Toute autre admireroit vôtre bras magnanime :
Et toute autre, reduite à punir vôtre erreur,
La puniroit du-moins fans trouble & fans horreur.
Mais, hélas, mon devoir aux deux partis m'attache !
Nul efpoir d'aucun d'eux, nul effort ne m'arrache !
Et je trouve toûjours dans mon efprit confus,
Et tout ce que je fuis & tout ce que je fus.
Je vous dois de l'amour, je vous dois de la haine :
L'un & l'autre me plaît, l'un & l'autre me gêne :
Et mon cœur, qui doit tout & ne voit rien permis,
Soufre tout à la fois deux tirans ennemis.   *Act. 4. Sc. 5.*

Ce n'eſt pas au peuple à fe faire juſtice.   *Act. 5. Sc. 1.*

H

L'ordre que tient le ciel à lui choisir des Rois
Ne lui permet jamais d'examiner son choix.

***

Ibid. Théfée a trop de cœur, pour une trahison.
Phorbas est plus à craindre étant moins généreux.

***

Act. 5. Sc.
5.
Aux crimes malgré moi l'ordre du ciel m'attache.
Pour m'y faire tomber ; à moi-même il me cache :
Il offre, en m'aveuglant sur ce qu'il a prédit,
Mon pere à mon épée & ma mere à mon lit.
Hélas ! qu'il est bien vrai qu'en vain on s'imagine
Dérober nôtre vie à ce qu'il nous destine :
Les soins de l'éviter font courir au devant ;
Et l'adresse à le fuir y plonge plus avant.

***

Act. 5. Sc.
7.
Souvent avant le coup qui doit nous accabler
La nuit qui l'enveloppe a de quoi nous troubler
. . . .
Mais, quand ce coup tombé vient d'épuiser le sort
Jusqu'à n'en pouvoir craindre un plus barbare effort,
Ce trouble se dissipe : & cette ame innocente,
Qui brave impunément la fortune impuissante ;
Regarde avec dédain ce qu'elle a combattu,
Et se rend toute entiere à toute sa vertu.

***

Act. 5. Sc.
8.
Oui ; Phorbas, par son récit funeste
Et par son propre exemple, a sû l'assassiner.
Ce malheureux vieillard n'a pû se pardonner.
Il s'est jetté d'abord aux genoux de la Reine,
Où détestant l'effet de sa prudence vaine :
Si j'ai sauvé ce fils pour être vôtre époux

Et voir le Roi son pere expirer sous ses coups,
A-t-il dit, la pitié qui me fit le ministre,
De tout ce que le ciel eut pour vous de sinistre,
Fait place au desespoir d'avoir mal servi ;
Pour vanger sur mon sang vôtre ordre mal suivi,
L'inceste, où malgré vous tous deux je vous abîme,
Recevra de ma main sa premiere victime.
J'en dois le sacrifice à l'innocente erreur
Qui vous rend l'un pour l'autre un objet plein d'hor-
    reur.

Cet arrêt, qu'à nos yeux lui-même il se prononce,
Est suivi d'un poignard qu'en ses flancs il enfonce,
La Reine, à ce malheur si peu prémédité,
Semble le recevoir avec stupidité.
L'excès de sa douleur la fait croire insensible.
Rien n'échape au dehors qui la rende visible :
Et tous ses sentimens enfermés dans son cœur
Ramassent en secret leur derniere vigueur.
Nous autres cependant, autour d'elle rangées,
Stupides ainsi qu'elle, ainsi qu'elle affligées,
Nous n'osons rien permettre à nos fiers déplaisirs :
Et nos pleurs par respect attendent ses soupirs.
Mais enfin tout à coup, sans changer de visage,
Du mort qu'elle contemple elle imite la rage,
Se saisit du poignard, & de sa propre main,
A nos yeux comme lui, s'en traverse le sein,
On diroit que du ciel l'implacable colere
Nous arrête les bras pour lui laisser tout faire.
Elle tombe, elle expire avec ces derniers mots,
Allez, &c.

Si cette description n'est pas magnifique
& ne réunit pas le naturel avec le subli-
me, j'avoue que je ne m'y entens pas. Elle

vient à propos, parce que cette Confidente ayant déja dit en un mot & sans ver-
biage que la Reine étoit morte, il n'est
plus question que de savoir comment &
les circonstances.

Fautes à corriger.

Page 15. ligne 7. lisez *répondre* au lieu de
correspondre. p. 27. l. 24. lisez *sujet* au lieu
de *sujette.* p. 28. en marge, lisez *pag.* 12. au
lieu de *pag.* 14. p. 28, 30. 31 & 32. en marge, lisez *Act.* 2. au lieu d'*Acte* 1. p. 50. l.
12. ôtez *bien* qui est répeté deux fois.

APPROBATION.

J'Ai lû par ordre de Monseigneur le Garde des
Sceaux un Manuscrit intitulé : *Nouvelles Remarques sur l'Oedipe de M. de Voltaire, & sur ses
Lettres critiques,* dont on peut permettre l'impression. A Paris le 23 Aoust 1719.

CHERIER.

PRIVILEGE DU ROY.

LOUIS par la grace de Dieu Roy de France &
de Navarre ; A nos Amez & féaux Conseillers,

les Gens tenant nos Cours de Parlement, Maîtres des
Requêtes ordinaires de notre Hôtel, Grand Con-
feil, Prevoft de Paris, Baillifs, Senechaux, leurs
Lieutenans Civils, & autres nos Jufticiers qu'il ap-
partiendra ; SALUT, Notre bien amé LAURENT
D'HOURY, Imprimeur-Libraire à Paris, Nous a
fait expofer qu'il fouhaiteroit faire imprimer & donner au Public un Manufcrit qui a pour titre, *Nou-*
velles Remarques fur l'Oedipe de M. de Voltaire &
fur fes lettres critiques, s'il Nous plaifoit lui accorder nos Lettres de Privilege pour la ville de Paris
feulement. Nous avons permis & permettons par
ces Prefentes audit d'Houry d'imprimer ou faire
imprimer ledit Livre en telle forme, marge, caractere, & autant de fois que bon lui femblera, & de
le vendre, faire vendre & debiter par tout notre
Royaume, pendant le tems de *trois* années confécu-
tives, à compter du jour de la datte defdites Prefentes. Faifons défenfes à toutes fortes de perfonnes
de quelque qualité & condition qu'elles foient, d'en
introduire d'impreffion étrangere dans aucun lieu de
notre obéiffance ; comme auffi à tous Imprimeurs &
Libraires & autres, dans laville de Paris feulement,
d'imprimer, faire imprimer, vendre, faire vendre,
debiter, ni contrefaire ledit Livre, en tout ni en
partie, ni d'en faire aucuns extraits, fans la permif-
fion expreffe & par écrit dudit Expofant, ou de
ceux qui auront droit de lui, à peine de confifca-
tion des exemplaires contrefaits, de mille livres
d'amende contre chacun des contrevenans, dont un
tiers à Nous, un tiers à l'Hôtel - Dieu de Paris,
l'autre tiers audit Expofant, & de tous dépens, dom-
mages & interefts ; à la charge que ces Prefentes fe-
ront enregiftrées tout au long fur le Regiftre de la

Communauté des Imprimeurs & Libraires de Paris,
& ce dans trois mois de la datte d'icelles ; que l'impreſſion dudit Livre ſera faite dans notre Royaume,
& non ailleurs, en bon papier & en beaux caractéres, conformément aux Reglemens de la Librairie : Et qu'avant que de l'expoſer en vente, le manuſcrit ou imprimé qui aura ſervi de copie à l'impreſſion dudit Livre ſera remis dans le même état 'où
l'Approbation y aura été donnée, és mains de nôtre trés-cher & féal Chevalier, Garde des Sceaux
de France, le ſieur Voyer de Paulmi, Marquis d'Argenſon, Chancelier & Garde des Sceaux de nôtre
Ordre militaire de S. Louis : & qu'il en ſera mis
enſuite deux Exemplaires dans notre Bibliotheque
publique, un dans celle de notre Château du Louvre, & un dans celle de notre tres-cher & féal Chevalier, le Sieur de Voyer de Paulmi, Marquis d'Argenſon, Garde des Sceaux de France, Chancelier
& Garde des Sceaux de nôtre Ordre militaire de S.
Louis, le tout à peine de nullité des Preſentes. Du
contenu deſquelles Vous mandons & enjoignons de
faire jouir l'Expoſant ou ſes Ayans-cauſe, pleinement & paiſiblement, ſans ſouffrir qu'il leur ſoit
fait aucun trouble ou empêchement : Voulons que la
copie deſdites Preſentes qui ſera imprimée tout au
long au commencement ou à la fin dudit Livre, ſoit
tenue pour duement ſignifiée, & qu'aux copies collationnées par l'un de nos amez & féaux Conſeillers
& Secretaires, ſoy ſoit ajoutée comme à l'Original :
Commandons au premier notre Huiſſier ou Sergent
de faire pour l'execution d'icelles tous Actes requis
& neceſſaires, ſans demander autre permiſſion, &
nonobſtant clameur de Haro, Charte Normande, &
Lettres à ce contraires ; Car tel eſt noſtre plaiſir,

Donné à Paris le vingt-neuviéme jour du mois de Septembre, l'an de grace mil sept cens dix-neuf, & de notre Regne le cinquiéme.

Par le Roy en son Conseil.

NOBLET.

Registré sur le Registre IV. *de la Communauté des Libraires & Imprimeurs de Paris, page* 519. *N°. 555. conformément aux Reglemens, & notamment à l'Arrêt du Conseil du* 13 *Août* 1703. *A Paris le deuxiéme Octobre* 1719.

DELAULNE., Syndic.

www.ingramcontent.com/pod-product-compliance
Ingram Content Group UK Ltd.
Pitfield, Milton Keynes, MK11 3LW, UK
UKHW021736090726
13657UKWH00002B/739